Eduard von Keyserling

Im stillen Winkel

Nicky

Zwei Erzählungen

Eduard von Keyserling: Im stillen Winkel / Nicky. Zwei Erzählungen

Im stillen Winkel:
  Erstdruck: Velhagen und Klasings Monatshefte, 31. Jahrgang, 2. Band,
  1916/1917
Nicky:
  Erstdruck: Die neue Rundschau 26, 1915.

Neuausgabe mit einer Biographie des Autors
Herausgegeben von Karl-Maria Guth
Berlin 2016

Umschlaggestaltung von Thomas Schultz-Overhage unter Verwendung
des Bildes: William Merritt Chase, 1905-1907

Gesetzt aus der Minion Pro, 11 pt

Verlag: Henricus - Edition Deutsche Klassik GmbH
Mörchinger Str. 33, 14169 Berlin, info@henricus-verlag.de
Druck: Libri Plureos GmbH, Friedensallee 273, 22763 Hamburg

ISBN 978-3-8430-8710-0

Bibliografische Information der Deutschen Nationalbibliothek

Die Deutsche Nationalbibliothek verzeichnet diese Publikation in der
Deutschen Nationalbibliografie; detaillierte bibliografische Daten sind
im Internet über www.dnb.de abrufbar.

Im stillen Winkel

Die Familie von der Ost ging, wie sie es gewohnt war, auf das Land hinaus. Sie wollte wieder die alte Villa beziehen, die drüben im Gebirge am Ende der Dorfstraße stand. Bruno von der Ost verließ für einen Tag die Bank, deren Direktor er war, um den Umzug der Familie zu leiten. Er war ein großes organisatorisches Talent und liebte es, diese Eigenschaft auch in den kleinen Angelegenheiten des Hauses und der Familie zu zeigen. Es machte ihm Vergnügen, in der Bahnhofshalle mitten unter Kisten und Körben zu stehen und den Trägern kurze Befehle zu erteilen. »Alles«, pflegte er zu sagen, »auch das Geringste, muß vernunftgemäß durchgeführt werden.« Später auf dem Bahnsteig ordnete er die Unterbringung des zahlreichen Handgepäcks an, dann mußte die Familie ihre Plätze einnehmen. Frau von der Ost, Tante Dina, der kleine Paul und die alte Marie, Pauls frühere Wärterin. Paul ließ seinen Vater nicht aus den Augen, es verursachte ihm ein seltsam aufregendes Wohlgefühl, die hohe, breitschultrige Gestalt zu betrachten, die graublauen Augen hinter den blanken Brillengläsern, der blonde Schnurrbart, der sachte im Winde flatterte, dazu die schnarrende, befehlende Stimme – all das war prachtvoll und erregend.

Nun war alles geordnet, Herr von der Ost stieg in den Wagen, und die Türe ward zugeschlagen. Durch das niedergelassene Fenster wurde noch ein Rosenstrauß hereingereicht, und ein lachendes Gesicht erschien: Hugo von Wirden war es, der Volontär der Bank, der Herrn von Ost zu besonderer Aufsicht empfohlen war. Der junge Mann war leichtsinnig gewesen und sollte in der Bank wieder ein ordentlicher Mensch werden. Paul lächelte, er mußte immer lächeln, wenn er dieses hübsche Gesicht mit den lustigen, braunen Augen und dem breiten, roten Munde sah. Paul liebte es, wenn Herr von Wirden zu ihnen kam, es wurde dann gleich so heiter, Mama lachte soviel, Herr von Wirden neckte Tante Dina, Paul, und selbst die alte Marie. »Er ist hübsch«, sagte einmal Paul zur alten Marie, »er hat ein hübsches, unartiges Gesicht.«

»Wie schön die Familie hier verfrachtet ist«, rief Herr von Wirden in den Wagen hinein. »Glückliche Reise! Ich komme bald nach.« Frau von der Ost nahm die Rosen in Empfang und beugte sich nahe auf sie nieder. »Wie sie duften!« sagte sie.

»Noch gibt es keinen Urlaub«, meinte Herr von der Ost.

»Ich weiß, ich weiß«, entgegnete Wirden; »daß Sie auch immer an die Ketten erinnern müssen, lieber Direktor! Gleichviel, ich komme doch. Adieu.« Damit verschwand er.

»Ein Windhund«, bemerkte Herr von der Ost. Die alte Marie lachte. Der Zug setzte sich in Bewegung.

Paul drückte sich in seine Ecke. So war es gut. Sie saßen hier alle beisammen, und er fühlte sich geschützt und geborgen. Dieser Knabe hatte ein seltsam starkes Gefühl für die Unsicherheit unsres Daseins, er wußte nicht, was es war, aber er ahnte überall in der Welt dunkle Mächte, die ihm und denen, die er liebte, auflauerten. Wenn die Lebenslage einmal sicher und behaglich war, dann empfand er ein starkes Wohlgefühl. Er selbst war klein und schwächlich, er wurde »der kleine Paul« genannt, obgleich er schon über elf Jahre zählte, sein bleiches Gesicht hatte runde, kindliche Züge, die grauen Augen konnten in der Erregung hell werden wie Silber, das dichte, krause Blondhaar ließ seinen Kopf seltsam groß erscheinen.

Paul begann in seiner nachdenklichen Art die Gesichter seiner Angehörigen zu studieren. Zuerst das schmale, schöne Gesicht seiner Mutter; unter dem großen, gelben Sommerhut stahlen sich blonde Löckchen über die Stirn, die Lippen waren geschlossen, feine, sehr rote Striche, die sich an den Enden ein wenig hinaufbogen. Die grauen Augen waren ganz blank und die sonst blassen Wangen leicht gerötet. Es ergriff Paul stets, wenn seine Mutter erregte, blanke Augen und gerötete Wangen hatte, sie sah dann so jung und leicht verwundbar aus, und er fürchtete, jemand könnte ihr etwas zuleide tun. Das Gesicht der Tante Dina war für Paul stets ein interessanter Gegenstand der Beobachtung gewesen, es ging auf ihm soviel vor; all die Falten und Fältchen, die wunderliche Muster auf der Stirn und den Schläfen bildeten, die tiefen Augenhöhlen, der weiche, bewegliche Mund, die Härchen am Kinn, all das war merkwürdig genug. Das braune Gesicht der alten Marie mit den kleinen, wie mit dem Messer hineingeritzten Falten, den trübblauen, schläfrigen Augen war Paul bekannt und vertraut wie seine Kinderstube. Endlich galt es, den Vater anzusehen, und das war gefährlich, denn wie leicht konnten die stahlblauen Augen sich auch auf Paul richten, mit dem strengen, ein wenig unzufriedenen Blick. Paul wußte, er gefiel seinem Vater nicht, er gefiel ihm nicht, weil er klein und schwach war. Dennoch verursachte es Paul einen aufregenden Genuß, die hohe Stirn mit den zwei aufrechten Fältchen zu betrachten, die gerade Nase, das mächtige

Kinn, die Haare an den Schläfen, die schon ein wenig grau wurden – alles das schüchterte Paul ein und gefiel ihm dennoch. Immerhin mußte es nicht gemütlich sein, Tag und Nacht mit solch einem Gesicht einherzugehen. Jetzt aber richteten sich wirklich die Augen hinter den Brillengläsern auf Paul, dieser wandte schnell den Kopf ab und schaute zum Fenster hinaus. Draußen regnete es, das Land war von einem Schleier kleiner, schräger Striche verhangen, die Telegraphenstangen rannten vorüber – eilig, eilig – das machte schläfrig. Paul bog den Kopf zurück und schloß die Augen, er konnte ja schlafen, hier war er in Sicherheit, nichts Bedrohliches stand in Aussicht, er freute sich auf die Villa, auf den Garten, die Schule war weit. Ja, die Schule, die war auch solch ein Ort der Gefahren. Nicht das Lernen machte Paul Mühe, nicht die Lehrer fürchtete er, sondern die Kameraden. Anfangs hatten sie ihn geneckt und gequält, jetzt beachteten sie ihn kaum mehr. Wenn in der Erholungspause alle in den Hof gingen, dann schlich auch Paul sich hinunter, er lehnte sich gegen eine Mauer und schaute zu, wie die anderen Jungen miteinander kämpften. Seine Augen wurden dann groß und blaß wie Silber und seine Hände kalt. Besonders dem langen Müller schaute er gern zu, er war der Stärkste. Wie mühelos er die anderen zu Boden schleuderte, wie er auf ihnen kniete und mit den Fäusten auf ihnen trommelte! Paul haßte ihn und bewunderte ihn. Zu Hause dann in seiner Kinderstube spielte er »stark sein«, ein Stuhl war der lange Müller, und er kämpfte mit ihm bis zur Ermattung. Nun, an diese Dinge brauchte er jetzt lange Zeit nicht mehr zu denken, er konnte ruhig schlafen.

Von dem Stoß des haltenden Zuges erwachte Paul, schlaftrunken blickte er auf. Um ihn her war es unruhig. Die Wagentür wurde geöffnet, Handgepäck wurde hinausgereicht, endlich stiegen alle aus. Auch Paul mußte hinaus. Auf dem Bahnsteig schien es ihm, als liefen viele Menschen erregt umher und schrien, auch die Stimme seines Vaters war vernehmbar, er ärgerte sich wohl, denn er sprach sehr laut. Ein Wagen stand bereit, Paul mußte hineinsteigen und sich zwischen Tante Dina und seine Mutter setzen, sein Vater und Marie saßen auf dem Rücksitz. So fuhren sie in das dämmerige Land hinaus. Der Direktor schalt noch ärgerlich auf die Kofferträger: »Auch in die einfachste Hantierung versteht dieses Volk keine Spur von Methode zu legen.«

»Sie haben soviel zu tun«, wandte Tante Dina ein, die stets verteidigte, wenn jemand getadelt wurde. Der Direktor jedoch winkte mit der Hand ab: »Da gibt es nichts zu verteidigen, diese Leute sind dumm und faul.«

Der Regen hatte aufgehört, die Luft war kalt und feucht, es duftete stark nach Heu, die Berge, groß und schwarz, schienen ganz nah, und weiße Wolken rannen an ihnen nieder. Dunkel standen die kleinen Häuschen am Rande der Wiesen, und struppige Hunde kläfften dem vorüberrollenden Wagen giftig nach. Das sonst so vertraute Tal erschien Paul heute fremd und unheimlich.

Endlich hielt der Wagen vor der Villa. Auch diese stand seltsam schwarz zwischen den schwarzen, nassen Bäumen. Die alte Bäuerin, welche im Winter die Villa hütete, und die beiden Mägde, Babette und Käti, erwarteten die Herrschaften vor der Haustür, sie lächelten alle drei zum Willkomm, als der Direktor jedoch rief: »Was, alles dunkel! Kein Feuer, kein Licht? Das ist ein schöner Empfang!« da machten sie erschrockene Gesichter. Dann stieg man aus. Im großen, finsteren Flur war es auch kalt und feucht und roch nach Heu. Eine Treppe führte zu den Zimmern hinauf, erregt rannten die Mägde hin und her. Paul stand mitten in dem großen, ein wenig niedrigen Wohnzimmer, durch die offenen Türen fegte eine scharfe Zugluft herein, polternd wurden im Flur die Koffer abgeladen, und gereizte Stimmen riefen einander zu. Paul stand regungslos da und verzog sein Gesicht, als wollte er weinen. Erst als es um ihn stiller wurde, als die Türen geschlossen waren und Käti die Hängelampe angezündet hatte, begann er langsam mit von der Fahrt ein wenig steifen Beinen im Zimmer umherzugehen, er besah sich nachdenklich die Möbel, strich mit der Hand über sie hin. »So geht es immer«, dachte er, »fährt man am Ende des Sommers fort, dann sind die Möbel gute alte Kameraden geworden, von denen zu scheiden es einem weh tut, und kommt man das nächste Jahr wieder, dann stehen sie wieder steif und tot da, als habe man sie nie gekannt.« Er ging zu dem Tisch und öffnete das Schubfach: wirklich, da lag ein kleiner Papiersoldat, der vorigen Sommer wohl hier vergessen worden war. Er trug rote Hosen und einen blauen Rock und hatte ein ganz rosa Gesicht. »Der Arme«, dachte Paul, »den ganzen Winter hat er hier in Kälte und Dunkelheit ganz allein gelegen.« Ein großes Erbarmen mit dem kleinen Soldaten ergriff ihn, er nahm ihn steckte ihn hinter seine Weste, dort sollte er warm werden.

Als Paul sich umwandte, sah er seine Mutter auf dem Sofa sitzen, sie hüllte sich in einen Schal und drückte sich fröstelnd in die Sofaecke. Ihr Gesicht war bleich, und sie schaute sinnend vor sich hin. »Komm, mein Junge«, sagte sie und zog Paul zu sich heran. Sie hüllte ihn in ihren Schal: »Du frierst?« meinte sie; »du denkst wohl, hier ist es unbehaglich und vielleicht etwas traurig, weil es hier kalt ist, und weil alle so unruhig hin und her laufen, weil der Regen wieder an die Fensterscheiben klopft, die Berge so schwarz zu den Fenstern hereinschauen, und unten im dunklen Dorf die fremden Hunde bellen. Aber es braucht nicht unbehaglich und traurig zu sein, wenn wir nicht wollen, wir können sagen: wir frösteln ein wenig, aber wir freuen uns auf die Wärme, die das Ofenfeuer gleich geben wird; der Regen singt gemütlich vor den Fenstern, die Berge stehen um uns her wie eine schützende Mauer, Tante Dina geht ab und zu und raschelt mit Papier, und unten im Dorf sitzen gute Hunde, sie bellen ein wenig, sie wollen miteinander sprechen, denn sie sind untereinander gut bekannt – nein, wenn wir nicht wollen, ist es nicht unbehaglich und traurig.«

Paul schaute lächelnd zu seiner Mutter auf. Wirklich, ihre Worte machten, daß alles gleich besser wurde. Die feuchten Scheite im Ofen begannen zu prasseln, Käti schloß die Fensterläden und deckte den Tisch für das Abendessen, und von der Küche nebenan klang die bekannte Stimme der alten Marie herüber, sie erzählte der Köchin etwas, nun lachten sie sogar miteinander.

Jetzt trat auch der Vater in das Zimmer. Er schien gar nicht mehr ärgerlich zu sein, er streckte sich in einem Sessel aus, rieb sich die Hände und sagte: »Hier sieht es ja wieder menschlich aus. Ich habe den Rotwein auspacken lassen, an dem wollen wir uns erwärmen. Ich spüre einen tüchtigen Hunger – aha, ich höre schon, wie nebenan in der Küche die Koteletts in der Pfanne miteinander zanken.« Dabei lächelte er und schaute Paul an, das war ermutigend. Dann erzählte er Neuigkeiten aus dem Dorf, die er vom Hausknecht erfahren hatte: Major Welker war hier mit Familie, ein neues Wirtshaus wurde gebaut, ein Mann im Steinbruch war verunglückt. Tante Dina hielt in ihren Gängen durch die Zimmer inne, hörte gespannt zu und sagte: »Ach Gott, was nicht alles geschieht!«

Endlich kam das Essen, Paul aß mit Appetit. »Seltsam«, dachte er, »das Essen schmeckt hier anders als in der Stadt. In den Koteletts ist etwas von der scharfen Luft der Berge, von dem Duft der Wiesen drin.«

Das halbe Glas Rotwein, das er bekam, erwärmte ihn, er gab nicht acht darauf, was die Erwachsenen sprachen, es tat ihm jedoch wohl, daß ihre Stimmen friedlich und beruhigt klangen.

Als das Abendessen beendet war, setzten Paul und seine Mutter sich wieder in ihre Sofaecke, der Direktor zündete eine Zigarre an, und Tante Dina nahm ihr Strickzeug zur Hand. Sie sprachen von dem Wetter in früheren Sommern, von früheren Sommergästen und endlich von den Preisen der Lebensmittel. Es war nicht zu leugnen, daß die Preise mit jedem Jahre in die Höhe gingen. »Das ist nicht zu ändern«, meinte der Direktor, »doch habe ich diesen Umstand, wie immer, auch dieses Jahr in meinem Voranschlag für den Sommeraufenthalt berücksichtigt. Daher hoffe ich, daß es dieses Jahr stimmen wird.« Dabei sah er seine Frau durch die Brillengläser scharf an.

Diese jedoch antwortete leichthin: »Ach, es wird gewiß nicht stimmen.«

»Warum wird es nicht stimmen?« fragte der Direktor mit einer unterstrichenen Ruhe, die zeigte, daß er eine Gereiztheit unterdrückte. »Weil es nie stimmt«, antwortete seine Frau. »Wenn es bisher nicht gestimmt hat«, versetzte der Direktor, und er sprach die Worte langsam und scharf aus, »dann lag das offenbar nicht am Voranschlage.«

»Nein, nein«, meinte Frau von der Ost, »es lag natürlich an mir.«

»Also«, fuhr der Direktor fort, »und ich wünsche, daß sich das ändert. Wenn man Jahre hindurch an denselben Ort zurückkehrt, so lehrt die Erfahrung doch, wieviel man an diesem Ort nötig hat, um zu leben. Oder setze ich vielleicht zu wenig an?«

»Ach nein«, erwiderte Frau von der Ost, »es ist gewiß genug. Aber wenn ich alles anschreiben muß, dann stimmt es eben nicht. Ich könnte vielleicht mit weniger auskommen, wenn ich nicht anschreiben müßte. So aber würde es auch nicht stimmen, wenn ich eine Million hätte.«

»Irene«, rief der Direktor und schlug mit den Fingerspitzen hart auf den Tisch, »du solltest dich schämen, etwas so Widersinniges zu sagen!«

Seine Frau jedoch lachte. Paul schaute zu seiner Mutter auf. Ihre Wangen waren gerötet, ihre Augen blank und feucht, und das Lachen gab ihrem Gesicht einen gequälten Ausdruck. »So bin ich nun einmal«, sagte sie. »Es ist schade, daß, als wir uns verlobten, ich nicht bei dir ein Examen im Rechnen abgelegt habe.«

»Irene«, rief wieder der Direktor, »ich bitte dich, über ernste Dinge auch ernst zu sprechen. Dein Widerwille gegen Zahlen, also gegen

Ordnung und Klarheit, ist mir unbegreiflich, denn Zahlen sind Ordnung und Klarheit. Sie sind unser geistiges Gewissen, unsere geistige Reinlichkeit. Wenn ich meine Verhältnisse zahlenmäßig überblicken kann, dann habe ich einen Boden unter den Füßen.«

»Und ich finde«, meinte Frau von der Ost, »Zahlen sind wie zu enge Schuhe, sie verderben uns das Leben. Mir kommt es vor, als ob jede Zahl, die ich in das Anschreibebuch hineinschreibe, mir ein gutes Stück Geld wegfrißt.«

Der Direktor erhob sich und begann im Zimmer auf und ab zu gehen. »Unglaublich«, seufzte er. »Aber das ist es, nur nicht klar sehen! Lieber im Dunkel tappen aus Furcht, einer unangenehmen Wahrheit zu begegnen! Über alles wegschlüpfen, wegtänzeln, wegträllern, alles vertuschen – so wird aber auch aller Ernst, alle Wahrheit aus dem Leben weggetänzelt und weggeträllert!«

Der Direktor hatte sehr laut gesprochen. Tante Dina beugte ihren Kopf tief auf das Strickzeug nieder, Paul saß da, die Hände kalt vor Erregung. »Du wußtest ja, wie ich bin«, begann Irene von der Ost wieder, und ihre Stimme zitterte. »Du wußtest ja, daß ich keine Rechenmaschine bin.«

»Jetzt noch Tränen, natürlich! Das ist dann der letzte Beweis …« Doch plötzlich hielt er inne, sah Paul scharf an und sagte: »Warum bist du nicht im Bette? Was sitzt du hier? Längst solltest du im Bett sein.«

Erschrocken erhob sich Paul, ging von einem zum andern, um eine gute Nacht zu wünschen; als seine Mutter ihn küßte, spürte er, daß ihr Gesicht feucht von Tränen war. Dann schlich er in sein Zimmer, seine Beine zitterten, sein Herz klopfte stark, und er hatte das Gefühl, daß etwas Furchtbares sich ereignete.

Während er sich langsam entkleidete, dachte er immer wieder: »Was wird er ihr tun? Sie weint. Wie soll ich sie schützen? Fliehen müssen wir, sie und ich!« Aber es wurde ihm unerträglich, in dem ihm fremd gewordenen Zimmer allein zu sein mit seinem Kummer. Er öffnete die Tür und rief Marie, sie sollte ein wenig bei ihm sitzen. Marie kam und saß mit ihrem Strickstrumpf bei der Lampe. Es freute die Alte stets, wenn Paul in die Gewohnheiten seiner früheren Jugend verfiel. Er aber kroch ein wenig beruhigt in sein Bett, er war sehr müde, dennoch dachte er immer wieder: »Fliehen müssen wir, fliehen vor ihm –«, bis der Gedanke zum Traum wurde, bis er die lange, gelbe Landstraße sah, seine Mutter und er liefen auf ihr hin, sie liefen und liefen, bis sie in den Nebeln des Traumes verschwanden. Paul schlief jetzt ruhig und traumlos. Auf seiner Brust aber lag der kleine Papiersoldat und wärmte sich.

Als Paul am nächsten Morgen erwachte, fiel ein breiter, gelber Sonnenstreifen in sein Zimmer. Paul betrachtete ihn blinzelnd, und ihm ward wohlig dabei zumute. Da kam aber die Erinnerung an den vergangenen Abend, und sie tat weh wie ein körperlicher Schmerz. Deutlich sah er wieder das zornige Gesicht des Vaters, das gequälte, tränenfeuchte Gesicht der Mutter, und mutlos sank er in die Kissen zurück. Im Zimmer nebenan hörte er leichte Schritte hin und her gehen, es war seine Mutter; nun begann sie zu singen, wie sie es zu tun liebte, wenn sie ordnend durch das Haus ging. Paul horchte auf, das klang nicht traurig, das war ein helles, leichtherziges Geträller. Dann war also das Schreckliche von gestern Abend vorüber, dann war es nichts gewesen. Paul verstand nicht. Diese erwachsenen Leute wurden ihm immer unbegreiflicher. Allein diese fröhliche Stimme nebenan erweckte auch wieder seine Lebensungeduld. Er sprang aus dem Bett und kleidete sich an. Er ging in den Garten hinunter, der Himmel war tiefblau, die Sonne brannte heiß auf die Kieswege. Vor dem Hause, mitten im Sonnenschein, lag ein großes Blumenbeet voller Sommerblumen, wohlriechende Erbsen blühten da, kleine, weinrote Skabiosen, Studentennelken, rotes Löwenmaul und Reseden. Ein ganz süßer Duft stieg aus diesem Beete auf, und das Summen der Bienen und Insekten erfüllte die Blumen mit einem gleichmäßig ruhevollen Klingen. Hier liebte es Paul zu stehen, ganz regungslos, die Augen weit offen, die Lippen halb geöffnet – er nannte das: »sich betrinken.« Und wirklich, der warme, süße Duft, der schläfrige Singsang der Insekten, sie machten ihm die Glieder schwach, gaben ihm einen leichten Schwindel, einen Rausch von Duft und Sonnenschein.

Als die Sonne ihm dann doch zu heiß auf den Rücken schien, ging er zum unteren Teil des Gartens hinab. Da dieser tiefer lag, war er ein wenig feucht, ein flacher Graben durchquerte ihn, in dem vom gestrigen Regen ein wenig trübes Wasser stand. Das Gras war hier dunkler, einige blanke, fette Blätter wuchsen hier, und bleiche Storchschnabel blühten auf dünnen Stengeln. Jenseits des Grabens war ein Gebüsch giftiger Sträucher, Tollkirschen und Salomonssiegel und einige hochaufgeschossene Stauden des blauen Sturmhutes. Am Lattenzaun aber, der den Garten von der Dorfstraße trennte, erhob sich ein Wald von Nesseln.

Paul liebte diesen Ort mit seinem feuchten, säuerlichen Geruch, und er begann sofort zu spielen. Er spielte seine und seiner Mutter Flucht. Ein Klettenblatt war seine Mutter, eine Sturmhutblüte war er, und sie flohen durch das hohe Gras, durch die gefährlichen Wasser des Grabens, unter den giftigen Büschen hin, mitten in den Nesselwald hinein. Er spielte so eifrig, daß er rote Wangen bekam und ganz heiß wurde. Die alte Marie kam nach ihm sehen, sie setzte sich auf eine Bank in den Sonnenschein und schlummerte ein wenig. Da ergriff auch Paul eine plötzliche Müdigkeit, er warf alles fort, setzte sich zu Marie und starrte durch die Latten des Zaunes auf die Dorfstraße hinaus.

Um diese Zeit war die Dorfstraße still und leer. Nur hier und da ging ein Hund träge über sie hin und suchte sich einen sonnigen Fleck, auf dem er sich ausstrecken konnte. Da tauchten in der Ferne zwei Figürchen auf, die Paul erregten. Er sprang von der Bank herab und lief zum Zaun. Er hatte sie gleich erkannt, ja, er hatte sie erwartet. Es war Major Welkers Lulu und seine unzertrennliche Gefährtin, des Kirchbauern Nandl. Lulu war Pauls Altersgenosse, aber er war ihm weit überlegen, das gestand sich Paul wohl ein. Lulu und Nandl waren Pauls Feinde, sie höhnten ihn, wo sie ihn sahen, Lulu sagte ihm spöttische, kränkende Dinge, und Nandl lachte dazu ihr schrilles, herzliches Lachen. Dennoch bewunderte Paul sie mit einer schmerzhaften Bewunderung. Schon die Art, wie Lulu ging, war herausfordernd. Er bog den Kopf zurück, steckte die Hände in die Hosentaschen und trat zuerst mit den Fußspitzen auf, so daß sein ganzer Körper ein wenig in die Höhe wippte. Lulu trug keinen Hut, sein kurzes, rotes Haar glänzte ordentlich in der Sonne. Jetzt unterschied Paul deutlich das runde Gesicht mit den vielen Sommersprossen, die kurze, ein wenig hinaufgebogene Nase und die grellbraunen Augen. Nandl trippelte auf ihren nackten braunen Füßchen neben ihm her, ihr Rock war sehr kurz, und ihr schwarzes Haar hing wirr über die Stirn bis auf die dunklen Augen nieder. Zuweilen blieben sie stehen. Lulu hob einen Stein vom Boden auf und warf damit nach einem Hunde. So näherten sie sich langsam dem Zaune, vor Paul blieben sie stehen.

»Ah, das Würmchen ist auch da! Seit wann denn?« bemerkte Lulu. »Gestern sind wir gekommen«, erwiderte Paul und machte ein feindseliges Gesicht. »So, so«, fuhr Lulu fort. »Da sitzt ja auch die alte Kinderwärterin, die achtgeben muß, daß du nicht fällst, oder daß du nicht aus dem Garten hinausgehst.«

»Wenn ich will, falle ich«, erwiderte Paul trotzig, »und wenn ich will, gehe ich auch zum Garten hinaus.« Lulu verzog seinen Mund schief: »Wie stolz das Würmchen ist!« Paul wunderte sich, daß Nandl nicht lachte, er sah zu ihr hin und bemerkte, daß sie geweint hatte. Ihre Wangen waren noch feucht, und an den Wimpern hingen Tränen.

»Warum weint sie denn?« fragte Paul. »Sie weint«, berichtete Lulu bedächtig, »weil die Kuh diese Nacht bei ihr zu Hause zu früh gekalbt hat, nun ist das Kalb tot, und die Kuh ist krank und wird wohl auch eingehen.« Nandls Augen füllten sich aufs neue mit Tränen. Paul wußte nicht, was er darauf sagen sollte. »Du Würmchen«, begann Lulu wieder, »ich glaube, du weißt noch gar nicht, daß Kühe Kälber kriegen?«

»Das weiß ich wohl«, erwiderte Paul. »Aber woher sie sie kriegen?« fragte Lulu weiter. »Das weißt du nicht.«

»Das ist mir auch gleich«, meinte Paul und versuchte sein hochmütiges Gesicht zu machen. Jetzt lachte Nandl, lachte ihr schrilles Lachen. Paul war gekränkt, und dennoch gefiel ihm dieses lachende Mädchengesicht, der Mund öffnete sich und zeigte eine Reihe kleiner, spitzer Zähne, und in den Augen erwachte eine strahlende Ausgelassenheit. »Nein, Würmchen«, sagte Lulu, »du bist noch sehr dumm. Komm, Nandl, gehen wir, mit dem ist doch nichts los!« Er machte kehrt, Nandl folgte ihm, und so wanderten sie wieder die Dorfstraße hinunter. Paul schaute ihnen lange nach; ja, so ging es ihm immer, sie höhnten und kränkten ihn, und wenn sie gingen, wurde ihm das Herz schwer, und es schnürte ihm etwas die Kehle zusammen, als müßte er weinen. Langsam schlich er wieder zu seiner Bank zurück, setzte sich neben die schlummernde Marie und sann über seltsame, heldenhafte Taten nach, die er vollbringen könnte, damit Lulu und Nandl ihn bewunderten.

Am Nachmittag fuhr der Direktor in die Stadt zurück. Paul wurde in das Haus gerufen, um Abschied zu nehmen. Sein Vater hob ihn zu sich auf, küßte ihn und sagte freundlich: »Sorge für rote Backen, mein Junge.« Als er ihn jedoch wieder auf den Boden niedersetzte, bemerkte er mißbilligend: »Leicht wie ein Spatz!« Dann küßte er auch seine Frau, diese strich zärtlich mit der Hand über seinen Rockärmel und sagte: »Komm bald wieder zu uns heraus.«

»Ja«, fügte Tante Dina hinzu, »es ist schade, daß Du fort mußt, man war so gemütlich beisammen.« Paul sah erstaunt zu seinen Eltern auf. »Also, jetzt muß man traurig sein, weil der Vater fortfährt, seltsam«, dachte er.

Nun kamen die langen, heißen Nachmittagstunden. Paul trieb sich ein wenig müde auf den Kieswegen des Gartens umher, nichts war in Aussicht, auf das er sich freuen konnte. Er stand am Gartenzaun und schaute durch die Latten. Über dem Lande lag es wie eine rotgoldne, sachte zitternde Staubwolke, im Rasen wetzten die Feldgrillen, und von den Wiesen klang das Dengeln der Sensen herüber. Das machte schläfrig, allein Paul mochte nicht schlafen, er wollte keine Stunde dieser kostbaren Ferienzeit verlieren – tun wollte er etwas. So ging er denn aus dem Garten hinaus auf die Dorfstraße, er versprach sich nicht viel davon, aber vielleicht sahen ihn Lulu und Nandl und überzeugten sich davon, daß er allein den Garten verlassen durfte.

Aus den kleinen, sonnigen Dorfgärten stiegen heiße Gemüsedüfte auf, Sonnenblumen standen da wie schwarze Gesichter von goldgelben Krausen umgeben. In einem Stall blökte eine Kuh, schmerzvoll und leidenschaftlich. Paul hob einen Stein auf und warf ihn nach einem Hunde, wie Lulu es zu tun pflegte, der Hund jedoch begann grimmig zu bellen, und Paul fürchtete sich. Endlich bog er in den Spazierweg ein, der von jungen Tannen eingefaßt war, aber auch hier nur Staub und Hitze. Da schlugen leise Töne an sein Ohr, wie das Knallen einer Peitsche, dazwischen schrille Vogelrufe. Paul spähte durch die Tannen. In einiger Entfernung auf der Wiese sah er Lulu und Nandl, Lulu ließ Nandl über eine Schnur springen, das eine Ende der Schnur hatte er an einen Zaunpfosten gebunden, das andere schwang er mit der Hand, in der anderen Hand hielt er eine kleine Peitsche, mit der er zuweilen knallte. Nandl aber sprang unermüdlich auf und ab, auf und ab. Die Sonne vergoldete ihre dünnen, braunen Beinchen, das schwarze Haar flog wild um ihr Gesicht, und ab und zu stieß sie kleine schrille Vogellaute aus. Paul schaute dem zu, und es schien ihm, daß dieses Schauspiel ein wunderbar erregendes war. Er stand da hinter der Tanne, bis die Kinder auf der Wiese ihres Spieles müde waren. Lulu rollte die Schnur zusammen, und beide warfen sich nebeneinander in das Gras. Auch dann noch stand Paul eine Weile hinter der Tanne, das Herz war ihm so seltsam heiß und schwer, und eines verstand er jetzt wohl, daß die beiden dort nebeneinander im Grase glücklich waren und er unglücklich war. Als er endlich in seinen Garten zurückschlich, fühlte er sich sehr einsam.

Abends saßen Frau Irene und Tante Dina auf dem Balkon, Paul setzte sich zu ihnen. Über den Berggipfeln verglomm ein rot und goldener Sonnenuntergang, die Kühe wurden heimgetrieben, die Wege waren voller Menschen, die von der Arbeit nach Hause gingen; Sommergäste in hellen Kleidern gingen die Dorfstraße entlang – das Tal war plötzlich ganz voller Leben und Farbe, bis die Dämmerung kam und alles wieder still wurde. Die Türen in den Häusern des Dorfes schlossen sich, gelbe Lichter erglommen in den Fenstern, und von den tauigen Wiesen wehte es kühl herüber. Endlich war es ganz dunkel, einige zitternde Sterne standen am Himmel. Frau Irene und Tante Dina sprachen zuweilen abgerissene Sätze, dann schwiegen sie wieder lange. Paul saß da, im Herzen die seltsame Bangigkeit, die Kinder ergreift, wenn es still und dunkel wird, die Welt ihnen unendlich weit erscheint und sie sich selbst als rätselhaften lebendigen Punkt, sehr klein in dem großen Schweigen, ahnen.

Am Sonntag kam Herr von Wirden. Paul hörte im Garten durch das geöffnete Fenster in der Wohnstube seine heitere Stimme und sein Lachen. Paul ging hinauf. Herr von Wirden saß Frau Irene gegenüber, er trug einen hellen Sommeranzug, sein Gesicht war heiß und rot, denn er hatte den Weg vom Bahnhof zum Dorf zu Fuß zurückgelegt. »Da ist ja mein kleiner Freund!« rief er Paul entgegen, zog ihn an sich, und fuhr ihm, wie er es zu tun liebte, mit der Hand in die blonden Locken. »Noch immer das bleiche Philosophengesicht! Nein«, wandte er sich an Frau Irene, »der ist noch nicht richtig verbauert, auf den hat das Land noch nicht gewirkt.«

»Also mich finden Sie schon verändert? Woran sehen Sie das?« nahm Frau Irene das unterbrochene Gespräch wieder auf. Sie lehnte sich in die Sofaecke zurück und verzog den Mund ein wenig schief, wie bereit zu einem Lächeln, ein Ausdruck, den Paul an ihr kannte, wenn sie sich gut unterhielt.

»O das sehe ich gleich!« rief Wirden. »Sie haben, wie soll ich sagen, so etwas langsam Verhallendes. Jede Ihrer Bewegungen zeigt, daß Sie Zeit haben, daß Sie nicht von den kleinen, spitzen Stadtgedanken gehetzt werden.«

»Kommt das so bald?« fragte Irene. »Das kann sehr bald kommen«, erwiderte Wirden. »Schon auf dem Weg vom Bahnhof hierher fühlte ich, wie es von mir abfiel.«

»Was fiel von Ihnen ab?«

»Nun, die Stadt, das Debet, Kredit, Saldo!«

Irene lächelte: »Das dürfen Sie meinem Manne nicht sagen.«

»Ich weiß«, erwiderte Wirden, »der Direktor liebt diese Dinge sehr. Ich wundere mich, daß Ihr Sohn nicht Saldo heißt.«

»Saldo«, wiederholte Irene; »nein, dann würde ich ihn nicht so lieben können.«

»Ich will nicht Saldo heißen«, versicherte Paul.

»Recht hast du«, meinte Wirden. »Saldo ist das Kind von Debes und Kredit, und das ist nicht angenehm.«

»Ist die Stadt jetzt wirklich so schlimm?« fragte Irene.

»Sehr schlimm«, berichtete Wirden. »Alle erwarten den Krieg, und keiner glaubt an ihn, und ein jeder hat eine Ansicht. Alte Schreiber in der Bank, die das ganze Jahr kein Wort sprechen – jetzt haben sie eine Ansicht.«

»Und Sie, haben Sie auch eine Ansicht?« fragte Irene weiter.

Wirden schlug sich mit der flachen Hand auf das Knie: »Das ist es eben – natürlich habe ich auch eine Ansicht, und deshalb kann ich meinen Urlaub kaum erwarten, damit draußen auf dem Lande auch diese Ansichten von mir abfallen. Dann will ich mich auf eine warme Wiese legen, einige wenige, einfache Gedanken immer wieder denken und ein Mensch sein.«

»Wenn wir das doch könnten!« meinte Frau Irene nachdenklich.

»O, das können wir!« versicherte Wirden eifrig. »Sehen Sie die Leute hier, wie oft sehen Sie einen Mann oder eine Frau lange, lange auf einem Flecke stehen und zu den Bergen aufschauen, und auf ihren Gesichtern steht es geschrieben, sie denken nur einen einzigen Gedanken. Auf dem Wege vom Bahnhof hierher sah ich einen Mann an seiner Wiese stehen, er sah sein Heu an, er hatte dort gewiß schon sehr lange gestanden und immer wieder gedacht: ›Wird das Heu morgen trocken sein?‹ Das müssen wir einige Wochen können, wenn wir von der Krankheit des Stadtlebens gesund werden wollen. Unsre Gedanken müssen zu einer ruhigen, eintönigen Musik werden.« Frau Irene schwieg. Sie schaute gerade vor sich hin durch das Fenster hinaus, sie fühlte, daß Wirdens Augen auf ihr ruhten, und sie wollte ihn darin nicht stören.

»Ja freilich«, begann Wirden wieder, und Paul dachte: Warum klingt seine Stimme jetzt so anders? »Ja freilich, leichter geht das alles, wenn wir ein wenig verliebt sind, denn dann werden wir ohnehin einfachere Menschen. Es ist seltsam, wie lange wir ein und denselben Gedanken denken können, wenn wir verliebt sind.«

Paul bemerkte mit Erstaunen, daß seine Mutter errötete. Ein zartes Rot breitete sich über ihr Gesicht bis hinauf in die blonden Stirnlöckchen, und sie sah wunderbar jung und hilflos aus. Wirden war ernst geworden. Paul schaute beide an, und es ergriff ihn ein seltsames Gefühl, erregt und feierlich zugleich.

»Paul, mein Junge«, sagte Frau Irene endlich, »geh, spiele unten im Garten.« Paul gehorchte ungern, aber er wußte, wenn es anfing, interessant zu werden, dann wurde er fortgeschickt, und das Treiben der Erwachsenen blieb für ihn dadurch stets geheimnisvoll. Unten im Garten dachte er über das Gehörte nach. Wie hatte Herr von Wirden gesagt: »Wir müssen uns auf eine Wiese legen und nur einen Gedanken denken.« Gut, das wollte Paul versuchen. Er streckte sich auf dem Rasen aus, lag regungslos da, die Arme eng an den Körper gedrückt, die Augen geschlossen, und er dachte an Nandl, wie sie über die Schnur springt, auf und ab, auf und ab – das Röckchen bauscht sich, das dunkle Haar flattert um das erhitzte Gesicht – auf und ab, auf und ab. Er dachte das so lange, bis er einschlief. –

»Meiner Seele, er schläft!« Es war Wirdens Stimme, die Paul weckte. Er schlug die Augen auf. Sie standen alle um ihn her, seine Mutter, Tante Dina, Wirden, und lächelten auf ihn herab. »Ganz richtig«, meinte Wirden, »im Grase liegen, schlafen, die Haare voller Grashupfer – so muß es gemacht werden.« Er ergriff Paul und stellte ihn auf die Füße. »Jetzt der Spaziergang, das ist Lebenskunst!«

Sie gingen die Dorfstraße hinauf und bogen in die Tannenallee ein. Die Luft war schwül, über den Bergen standen große, dunkle Wolken, und überall auf den Wiesen wurde eifrig gearbeitet, um das Heu noch vor dem Regen zu bergen. Paul achtete nicht auf das Gespräch der Erwachsenen, es war von England und Rußland die Rede und von Krieg – das interessierte Paul wenig. Er beobachtete die Kühe, die am Wege standen und die Vorübergehenden großäugig anglotzten. Paul fürchtete sich ein wenig vor ihnen und versuchte es dennoch, ruhig und unbefangen nah an ihnen vorüberzugehen. Fern auf der Wiese fuhr ein Wagen hoch mit Heu beladen schnell dem Dorfe zu, oben darauf aber saßen Lulu und Nandl und sangen aus voller Kehle. An einer Bank blieb Tante Dina zurück, sie war müde geworden. Die andern setzten ihren Weg fort. Frau Irene und Wirden schwiegen eine Weile. Aus Wirdens Gesicht war die Heiserkeit verschwunden, er schaute nachdenklich vor sich hin und nagte nervös an seiner Unterlippe. »Die Blicke dieser Kühe genieren mich«, sagte er endlich.

»Warum?« fragte Frau Irene, »sie sind doch so mütterlich.«

»Mütterlich?« wiederholte Wirden. »Das finde ich nicht. Sie sehen uns an, als seien wir ganz absurde Ungeheuer, sie denken: Unmöglich, diese Wesen, die da so aufrecht nebeneinander hergehen und sprechen und sprechen, statt zu fressen oder wiederzukäuen.« Frau Irene lächelte matt. »Ich weiß nicht«, fuhr Wirden fort, »wie weit sich die Tiere verständigen, aber das ist gewiß, wenn sie sich etwas sagen, so ist es stets etwas, das ihnen am Herzen liegt. Sogenannte Konversation kennen sie nicht.«

Frau Irene zog die Augenbrauen in die Höhe, und es klang ein wenig gereizt, als sie sagte: »Ich würde nicht wünschen, daß dieses auch bei uns eingeführt werde, ich will nicht, daß jeder mir sagt, was er auf dem Herzen hat. Warum soll ein jeder seine Bürde auf mich abladen dürfen?«

»Nun ja«, meinte Wirden, und aus seiner Stimme klang etwas wie Mutlosigkeit, »natürlich ist es besser so. Man spricht und spricht miteinander und tut so, als gäbe es keine Bürden zu tragen.« Dann lachte er kurz auf: »Wissen Sie, wie mir unsere Gesellschaft zuweilen vorkommt: Wie eine Quadrille von Packträgern; jeder hat seinen Koffer auf der Schulter, aber sie tanzen und verbeugen sich und machen Chaine und tun so, als sähen sie gar nicht die schweren Koffer, die einem jeden von ihnen die Schultern zerdrücken.«

Frau Irene zuckte leicht mit den Schultern: »Warum müssen wir auch immer auf das hinsehen, was traurig ist?« Dann schwiegen sie eine Weile. Wirden begann eifrig, die Samendolden des Löwenzahns zu köpfen, die wie kleine Tüllhauben am Wegrande standen. Frau Irene sah zu den Bergen hinauf, über denen es jetzt zu wetterleuchten begann. Endlich begann Wirden wieder: »Also Sie wünschen nicht, daß ich davon spreche, was mir am Herzen liegt?«

»Nein«, erwiderte Frau Irene, ohne ihren Blick vom Wetterleuchten dort oben abzuwenden. Eine Pause entstand. Dann sagte Frau Irene: »Paul, mein Junge, lauf ein wenig voraus, mache dir Bewegung!« Und gehorsam lief Paul die Landstraße entlang, und er fragte sich dabei, warum seine Mutter heute streng und unfreundlich gegen den guten Wirden war. Aber man wußte nie, wenn es aussah, als ob diese Erwachsenen sich recht liebhatten, dann wurden sie plötzlich hart und grausam gegeneinander.

Von den Bergen klang dumpfer Donner herüber, es war Zeit, den Rückweg anzutreten. Vor der Villa stand der Direktor. Er war mit dem letzten Zuge gekommen, »um seine Familie zu überraschen«, berichtete er. »Sie sind auch da, Wirden«, sagte er und begrüßte den jungen Mann. »Das ist hübsch.«

»O welche Freude!« rief Tante Dina ein wenig zu enthusiastisch, aber sie fürchtete, es könnte auffallen, daß Frau Irene nichts sagte. Als alle ins Haus gingen, blieb der Direktor noch draußen und schaute gen Himmel, hinauf nach dem aufziehenden Gewitter. Paul war bei seinem Vater geblieben und schaute auch zum Himmel hinauf. Aus dem Hause, durch die geöffneten Fenster, klang Wirdens Stimme heraus und dann Frau Irenes helles Lachen. Da bemerkte Paul, daß das Gesicht seines Vaters sich wunderlich verzog, eine tiefe Falte stand zwischen den Augenbrauen, der Mund schloß sich so fest, daß die Lippen weiß wurden, und zuckte seltsam. »Ist er böse, oder fühlt er einen starken Schmerz?« fragte sich Paul, und unwillkürlich verzog auch er sein Gesicht, von dem Bedürfnis getrieben, die Zuckungen auf dem Gesicht seines Vaters nachzuahmen. Jetzt kam Herr von Wirden aus dem Hause, er mußte sich beeilen, um noch seinen Zug zu erreichen. »Lassen Sie sich bald wieder hier draußen sehen«, sagte der Direktor und reichte ihm lächelnd die Hand.

Das Gewitter war jetzt heraufgezogen, große Tropfen prasselten nieder, und der Donner grollte unablässig. Im Wohnzimmer wurden die Läden geschlossen und die Lampe angesteckt. Paul war müde von dem heißen Tage, er lehnte in der Sofaecke und blinzelte in das Licht. Aber auch die anderen schienen müde, der Vater sprach wenig, und wenn er sprach, klang es unangenehm scharf und knurrend. Die Mutter war bleich und schweigsam, nur Tante Dina war unermüdlich bemüht, die Unterhaltung aufrechtzuerhalten. Paul wurde bald zu Bett geschickt.

Paul glaubte, lange geschlafen zu haben, und es mußte mitten in der Nacht sein, als er erwachte. Draußen tobte das Gewitter, durch die Spalten der Fensterläden drang das zuckende Licht der Blitze, ein mächtiger Donnerschlag ließ das Haus erzittern und hallte grollend in den Bergen nach wie eine große, scheltende Stimme. Und dann – es war noch ein Ton, den Paul vernahm, noch eine Stimme. Paul horchte auf. Ja, es war nebenan im Zimmer seiner Eltern, es war die Stimme seines Vaters. Er sprach laut und schnell, zuweilen wurde die Stimme seltsam heiser und brachte die Töne mühsam heraus. Jetzt, da der

Donner schwieg, konnte Paul sie deutlich hören: »Gut, gut, ich leugne es nicht, ich bin gekommen, weil ich wußte, daß er da sei. Du findest das lächerlich – vielleicht ist es lächerlich, aber wer ist daran schuld, daß ich etwas Lächerliches tue? Du, du ganz allein! Es ist widersinnig, daß ein Mann wie ich eines solchen Windhundes wegen auch nur einen Augenblick leiden soll oder lächerlich sein soll.« Jetzt ließ sich Frau Irenes Stimme vernehmen, ruhig und klar: »Armer Mann!«

»Armer Mann!« brauste der Direktor auf. »Ich will kein armer Mann sein, ich habe das nicht nötig. Wenn ich eine Frau habe, hat sie sich so zu benehmen, daß mir solche lächerliche Qualen erspart bleiben. Sie hat sich so zu benehmen, daß ich nicht lächerlich bin, daß ich kein armer Mann bin. Ich wünsche nicht, daß man mich bemitleidet. Dein Leichtsinn, sag' ich dir, deine Gefallsucht spielt hier ein sehr gefährliches Spiel …« Jetzt setzte der Donner wieder ein, er krachte und schmälte und übertönte die knarrende und schmälende Stimme des Vaters. Paul hüllte sich zitternd in seine Decke, die Welt erschien ihm wieder einmal sehr dunkel und gefahrvoll, und es überkam ihn diese hoffnungslose Resignation, wie sie nur ein Kind zuweilen zu empfinden vermag.

Den Vormittag über hatte es geregnet, gegen Abend hörte der Regen auf, hellgraue, tiefhängende Wolken bedeckten gleichmäßig den Himmel, die Berge trugen weiße Nebelkappen, und die Luft war unbewegt und drückend. Paul stand müßig und mißmutig im Garten umher, er hatte versucht, zu spielen, wieder einmal seine und seiner Mutter Flucht vor dem Vater, bald jedoch warf er das Klettenblatt und die Sturmhutblüte fort und setzte sich auf die Bank, um vor sich hin zu starren und mit den Beinen zu baumeln. Ihn machte die unklare Wehmut elend, die Kinder zu ergreifen pflegt, wenn es alltäglich und grau um sie her ist. Warum hatte er sich denn so sehr auf das Land gefreut? Aber so ging es ihm stets: Er freute sich zu stark auf das, was kommen sollte, und war es da, dann enttäuschte es ihn so bitter, daß er am liebsten hätte weinen mögen.

Auf der Dorfstraße erschien jetzt »Fucka«, der gelbe Metzgerhund, und nahm Pauls Aufmerksamkeit in Anspruch. Fucka ging langsam dahin, den Kopf ein wenig gesenkt, zuweilen steckte er die Nase hierhin und dorthin, wandte sich dann gelangweilt ab, reckte sich und ging langsam weiter. »Sind Hunde auch traurig?« fragte sich Paul, »sind Hunde auch enttäuscht?« Er liebte den Metzgerhund nicht, denn er fürchtete ihn, aber in diesem Augenblicke verband ihn eine Art Kameradschaft mit dem freudlosen Fucka. Durch das Fenster der Villa klang Frau Irenes Stimme herüber, sie sang: »Gang i ans Brünnele, trink' aber net; da seh' i mein Herztausigenschatz bei ein' andern stehn. Und bei ein' andern stehen sehn, ach, das tut weh …«

»Jetzt singt sie wieder«, dachte Paul – ja, wenn der Vater dagewesen war und es etwas gegeben hatte, dann sang sie immer besonders viel und hell. »Singt sie, weil sie traurig ist, oder singt sie, weil sie nicht mehr traurig ist?« Paul vermochte das nicht zu entscheiden, und dann ging es ihm durch den Sinn, was wollte wohl Herr von Wirden damals auf dem Spaziergang sagen und durfte es nicht? Erwachsene Herren weinen nicht, aber es sah damals aus, als hätte er weinen mögen. Paul hatte Herrn von Wirden gern, jedenfalls war es gemütlicher und sicherer, wenn Herr von Wirden da war, als wenn der Vater da war. Paul glaubte die Mutter fühle das auch.

Nun kam Leben in die Dorfstraße. Ein Bursche lief an den Häusern entlang, Frauen traten in die Haustüren, Kinder schauten zu den Fenstern heraus, der Bursche rief ihnen etwas zu und lief weiter. Er lief bis an das Ende der Straße, dort am Rande der Wiese blieb er stehen, legte beide Hände als Schallrohr vor den Mund und schrie den Mähern auf der Wiese etwas zu. Sommergäste zeigten sich, Damen mit Strohhüten; eilig gingen sie zur Post hinüber, wenn sie einander begegneten, blieben sie stehen und redeten eifrig aufeinander ein. Die im weißen Kleide war Frau Major Welker, und da war auch Tante Dina, mit flatternden Hutbändern eilte sie von der Post der Villa zu. Und plötzlich waren auch Lulu und Nandl da, sie standen mitten auf der Straße, und Lulu begann einen wunderlichen Tanz, er sprang wild in die Höhe und schwenkte die Arme wie Windmühlenflügel. Dabei rief er beständig etwas. Nandl hatte ihm anfangs zugeschaut, dann aber wurde auch sie von dem Taumel ergriffen, hüpfte und drehte sich, und ihre hohe, heisere Stimme begann auch zu rufen.

Sehr gespannt ging Paul an das Gartengitter, er verstand nicht. Lulu und Nandl näherten sich ihm in ihrem Tanz, jetzt standen sie vor ihm, erhitzt und atemlos. »Du, Würmchen«, rief Lulu, »es gibt Krieg!«

»Krieg?« wiederholte Paul.

»Ja, Krieg, einen ganz verdammten Krieg, ein Krieg mit allen, mit Russen und Franzosen und Serben – na, und die andern kommen auch schon, das wird fein!«

Paul wurde nachdenklich. »Wo sind sie?« fragte er.

Lulu machte eine weite Bewegung: »Überall.«

»Sind sie dort hinten auch?« und Paul wies mit dem Finger zu den Bergen hinüber.

»Ja, ja, dort auch«, versicherte Lulu.

»Und kommen sie hierher?« fragte Paul.

Lulu lachte: »Sie sollen nur kommen, dann weiß ich auch, was ich tun werde!«

»Ja, dann muß man etwas tun«, sagte Paul sinnend, Lulu aber lachte höhnisch: »Du, Würmchen, was wirst du tun? Du wirst dich hinter deiner Kinderfrau verstecken, das ist es, was du tun wirst!«

Jetzt begann auch Nandl zu lachen, das helle Lachen, das Paul so weh tat. »Ich werde etwas tun«, sagte er mit zitternder Stimme.

»Ja, in ein Mauseloch kriechen!« spottete Lulu weiter. Paul errötete, seine Augen wurden ganz silbrig vor Erregung, das Weinen war ihm nah. »Ich werde etwas tun!« schrie er. »Ihr sollt sehen! Du glaubst, weil ich nicht wie du auf der Straße tanz' und Steine nach den Hunden werf', so kann ich nichts tun. Tanzen und Steine werfen kann jeder, aber ihr sollt Augen machen, beide, Nandl und du, ihr sollt Augen machen!«

Nandl hatte aufgehört zu lachen und sah Paul neugierig an. Lulu zuckte die Achseln: »Wie das Würmchen spricht! In die Leibkompagnie der alten Marie wirst du eingestellt. Komm«, sagte er zu Nandl, wandte Paul den Rücken, und beide begannen wieder ihren seltsamen Tanz.

Paul schaute ihnen nach, bis sie hinter dem Nachbarhause verschwanden, und dann noch blieb er stehen und dachte seine unklaren Kindergedanken. Aus dem kleinen Bauernhause neben dem Garten war die Stalldirne Resei getreten, sie schützte die Augen mit der Hand und schaute die Straße hinab. Einige Burschen kamen des Weges und sangen. Einer blieb vor Resei stehen, faßte ihren braunen Arm und lachte. Dann ging er seinen Gefährten nach, wiegte sich in den Hüften und sang vor sich hin. Resei aber schlug die blaue Schürze über den Kopf und begann zu weinen, so laut, daß Paul es hörte: Hu, hu, hu.

Der Nebel war von den Bergen in das Tal herabgestiegen und flüsterte jetzt als leichter Regen über das Land hin. Große schwarze Vögel flogen langsam und niedrig dem Walde zu. Das Dorf war ganz still geworden, nur die Stalldirne stand noch vor ihrer Haustür, die Schürze über dem Kopf, und weinte: Hu, hu. Ein furchtbares Grauen ergriff Paul, er wandte sich um und lief in das Haus, lief so schnell, als würde er verfolgt.

In der dämmerigen Wohnstube saßen Frau Irene und Tante Dina beieinander, die Tante sprach mit klagender Stimme: »Komm zu uns, mein Sohn«, sagte Frau Irene und strich Paul über das regenfeuchte Haar. »Du bist naß und kalt.«

»Krieg!« flüsterte Paul.

»Ja, mein Sohn, es gibt Krieg.«

»Kommen sie auch hierher?« fragte Paul.

»Ach nein«, entgegnete Frau Irene, »unsre Männer, unsre tapferen Männer werden uns beschützen.«

»Der Vater auch?«

»Ja, der Vater auch.«

»Und Herr von Wirden auch?«

»Ja, alle«, sagte Frau Irene. »Und wenn du älter wärst, würdest du auch gehn und kämpfen für unser Deutschland, unsere gemeinsame Mutter. Wenn einer deiner Mutter, wenn einer mir etwas zuleide täte, das würdest du doch dann nicht dulden.« Pauls kalte Kinderhände umklammerten fest Frau Irenes Hand. »Gott wird uns schützen«, sagte Tante Dina feierlich.

Der Abend verging schweigsam. Ein jeder sann vor sich hin und sagte nur zuweilen ein Wort aus seinen Gedanken heraus. Nach dem Abendessen kam auch die alte Marie mit ihrem Strickstrumpf und setzte sich in die Ofenecke. Die Türe zum Mädchenzimmer war halb geöffnet, man hörte die Mädchen drinnen flüstern, alle wollten sie heute beisammen sein, nah beisammen vor dem Ungeheuren und Furchtbaren, das in der Ferne drohte. Tante Dina legte zuweilen ihr Strickzeug beiseite, faltete die Hände und bewegte die Lippen, sie betete. Paul wurde heute nicht zu Bett geschickt, er legte seinen Kopf in den Schoß seiner Mutter und schlief dort ein. Und als es endlich doch Schlafenszeit war, mußte Marie ihn in sein Zimmer bringen und zu Bett legen.

Paul schlief unruhig und hatte einen schweren Traum. Er sah das Dorf und die Berge in einem roten Schein, als sähe er sie durch ein purpurrotes Glas. Mitten aber auf der Dorfstraße saß auf einem Stuhl seine Mutter in einem weißen Kleide; die Hände lagen leicht gefaltet im Schoß, das Gesicht war bleich, die Augen geschlossen. Die Dorfstraße entlang ging ein Mann, ein furchtbarer Mann, Paul kannte ihn, es war der Handwerksbursche, der vor einigen Tagen am Gartenzaun vorübergegangen war. Er hatte ein großes, schmutziges Gesicht und wulstige

Lippen, die sich nicht ganz schlossen und das blutrote Zahnfleisch sehen ließen. »Er will ihr etwas tun!« wollte Paul in furchtbarer Angst rufen, vermochte es jedoch nicht. Schon stand der Mann vor der weißen Frau und griff mit seiner großen, bleichen Hand in das schöne, heilige Gesicht. Ein namenloser Schmerz ergriff Paul, es war ihm, als müsse das Herz ihm brechen – einer jener Schmerzen, wie wir sie zuweilen im Traume fühlen, vor denen es nur noch die Flucht in das Erwachen gibt. Stöhnend warf Paul sich im Bette herum, sein Herz klopfte, und sein Kissen war feucht von Tränen.

Der Direktor kam, um von seiner Familie Abschied zu nehmen, denn er mußte hinaus ins Feld. Er sah stattlich aus in der feldgrauen Uniform und war heiter, angeregt und ein wenig feierlich. Er legte liebevoll den Arm um die Taille seiner Frau und sprach von der großen deutschen Begeisterung und von der großen deutschen Einheit. »Es ist gut, daß es so gekommen ist, denn einmal mußten wir da hindurch, und wir kommen durch, ha, ha!« Paul schaute zu seinem Vater empor, heute bewunderte er ihn. Als jedoch am Nachmittag der Kaffee auf der Veranda eingenommen wurde, war es weniger gemütlich. Der Vater, meinte Paul, begann wieder so zu sprechen, als tadle er jemanden, wenn er auch seine Hand dabei auf die Hand der Mutter legte, die auf der Armlehne des Sessels lag. Paul beobachtete die kleine weiße Hand, wie sie regungslos unter der großen braunen Hand stillhielt.

»Deine Verhältnisse«, begann der Direktor, »sind in jeder Weise geordnet. Ich glaube nicht, daß ich irgendeine Eventualität übersehen habe. Eine gewisse Sparsamkeit natürlich ist in solchen Zeiten stets angebracht, schon des Beispiels wegen, und auch sonst. Das ist ja das Schöne einer großen Zeit, daß sie Energien weckt, die in uns vielleicht ungeahnt schlummerten. Wir können plötzlich, was wir nie zu können glaubten. Wenn wir vielleicht dazu neigten, das Leben ein wenig leicht zu nehmen, alles Unbequeme von uns fortzuschieben und den Tatsachen nicht in das Auge zu sehen – jetzt erwacht ein Ernst in uns, den wir uns selbst nicht zugetraut hätten, nicht wahr?«

Wer war mit diesem »wir« gemeint, dachte Paul, und er schaute seine Mutter an. Diese hatte den Kopf zurückgebogen und sah zu den Wolken auf. Die kleine weiße Hand aber unter der großen braunen Hand wurde unruhig, sie entzog sich ihr leise, machte sich etwas an den Stirnlöckchen zu schaffen und kehrte nicht mehr zurück.

»Nun«, fuhr der Direktor fort, »ich denke, ich kann mit ruhigem Herzen hinausgehen, um meine Pflicht zu tun, denn auch in meine Häuslichkeit wird der Ernst der großen Zeit einkehren, auch hier wird jeder auf seinem Posten stehen und seine Pflicht tun.«

»Wie schön und wahr!« sagte Tante Dina.

Eine große graue Wolke hatte bisher die Sonne verdeckt, jetzt riß sie plötzlich, und riesige goldene Strahlenbündel schossen über den Himmel, standen da wie ein ungeheurer Heiligenschein. »Seht, wie schön das ist!« sagte Frau Irene und wies zur Sonne hinauf. Der Direktor schüttelte sachte den Kopf. »Die Frauen sind beneidenswert«, sagte er. »Nichts kann so furchtbar ernst sein, daß sie nicht mit Leichtigkeit davon zu etwas Nebensächlichem übergehen können.«

Frau Irene zog die Augenbrauen empor und meinte ein wenig gereizt: »Für mich wird nichts so ernst und so furchtbar sein, daß ich nicht doch sehe, was schön ist.«

»Nun, lassen wir das«, sagte der Direktor und zuckte die Achseln.

Am Abend fuhr der Direktor mit seiner Frau in die Stadt zurück. Er küßte Paul: »Bleibe gesund, mein Junge«, sagte er, »werde stark, lerne brav! Du mußt klug und stark werden, denn du bist ein Deutscher, und das ist jetzt ein gefährlicher Posten.« Seine Stimme zitterte dabei, und seine Augen wurden feucht. Das ergriff Paul, er begann zu weinen und freute sich doch, daß er es tat, denn er hatte gefürchtet, nicht weinen zu können, und wußte doch, daß es von ihm erwartet wurde.

Nun kamen stille Spätsommertage, in denen das Leben ereignislos dahinglitt unter dem Singsang der Feldgrillen und dem Dengeln der Sensen auf den Wiesen. Paul wunderte sich, daß nichts sich verändert hatte seit dem Kriege. Wie sonst wurden die Kühe auf die Weide getrieben, wie sonst gingen die Sommergäste mit Strohhüten und bunten Sonnenschirmen die Tannenallee entlang. Durch die geöffneten Fenster der Villa klang Frau Irenes helles Singen in den Garten hinab, oder sie saß mit Frau Major Welker in der Fliederlaube, sie aßen Kirschen aus einer Tüte miteinander und lachten so heiter, als gäbe es keinen Krieg. Ja, es schien zuweilen Paul, als sei der Krieg vergessen, doch zuweilen wurden Siege gemeldet, dann flatterten Fahnen an den Häusern, und Kinder, unter der Führung von Lulu und Nandl, zogen die Dorfstraße hinunter und sangen mit hohen, heiseren Stimmen ›Die Wacht am Rhein‹ und ›Deutschland, Deutschland über alles‹.

Wenn Paul sie kommen sah, hatte er nur einen heißen Wunsch, mitgehen zu dürfen. Als es ihm jedoch gestattet wurde, und er sich dem Zuge anschloß, erklärte Lulu, Paul könne nicht marschieren, Paul könne nicht singen, er störe nur, »bleib bei deiner Kinderfrau, Würmchen«, schloß er. Einige Kinder lachten, Paul trat aus dem Zuge, stand am Wegrande und ließ die anderen weiterziehen. Er war sehr bleich geworden, weinte jedoch nicht. Als der Zug vorüber war, wandte er sich um und ging seinem Garten zu. Er richtete sich straff auf, wiegte die Arme hin und her, es sollte aussehen, als mache er sich nichts daraus, er fühlte es aber wohl, dieses war der größte Schmerz seines Lebens. Abends im Bette weinte er, er konnte nicht schlafen, fiebernd vor Zorn und Empörung starrte er mit weit offenen Augen in die Dunkelheit hinein und dachte an das Unerhörte, das er tun wollte, um Lulu und Nandl zur Bewunderung zu zwingen.

Seit jenem Tage nahm Paul sich vor, nicht an den Krieg zu denken. Lulu sollte seinen Krieg für sich behalten. Allein der Krieg ließ ihn nicht los. Abends bei der Lampe las Tante Dina die Zeitung vor, sie las langsam und mit Ausdruck. Paul, an seine Mutter gelehnt, saß auf dem Sofa, müde vom Tage; er kniff die Augenlider zusammen und beobachtete, wie goldene Fäden um die Flamme der Lampe zuckten, und die langen Kriegsberichte klangen in sein Ohr, unklar, eintönig: brennende Städte, Geschützdonner, Schützengräben und immer Gefallene, immer wieder Tote, in endloser Reihe zogen sie an ihm vorüber. Tante Dina las die Zahlen mit einer traurigen Feierlichkeit. Zuweilen fragte Paul: »Mutter, siegen wir?« Und Frau Irene antwortete: »Ja, mein Kind, wir siegen.«

Und während des Zuhörens begann Paul deutlich ein Bild zu sehen, immer dasselbe: lange gelbe Schützengräben, gelb und tief wie die Kiesgrube vor dem Dorf, und Blut floß an ihren Wänden hinab, grellrotes Blut. Davor aber lagen die Toten, hell von der Sonne beschienen, so weit man sehen konnte, Tote. Paul hatte noch keinen Toten gesehen und dennoch, wie deutlich lagen sie da vor ihm, die kleinen, steifen Soldaten mit den roten Hosen, den bleichen Gesichtern und den glashellen Augen, die nicht sahen, Augen, wie sie Paul an dem Hasen in der Küche gesehen hatte, den der Vater von der Jagd heimbrachte. Dieses Bild stand beständig vor ihm und verfolgte ihn bis in seine Träume. Am Tage unten im Garten zog er sich kleine Schützengräben in den Kies, besetzte sie mit den Blüten des Löwenmauls, saß auf der

Bank und warf mit kleinen Steinkugeln danach. Stunden konnte er damit hinbringen, und waren recht viel Löwenmaulblüten getroffen, dann lachte er triumphierend, und etwas wie eine grausame Lust fuhr ihm in die Glieder.

An einem Vormittage hatte Paul seine Schützengräben ganz nah der Fliederlaube gezogen. Seit dem Traum jener Nacht versuchte er es, möglichst viel um seine Mutter zu sein, es war ihm, als dürfte er sie nicht verlassen, und jetzt saß sie in der Fliederlaube und las. Durch die Zweige der Fliederbüsche konnte er ihr weißes Kleid sehen und den blonden Kopf, der sich auf das Buch herabneigte. Die Sonne schien Paul warm auf den Rücken, für eine Weile hatte er seine Sorgen vergessen und fühlte sich ruhig und zufrieden. Ernst und eifrig schoß er seine Steinkugeln ab und mordete die Löwenmaulblüten hin.

Da hörte Paul den Kies unter einem leichten Schritt knirschen, gleich darauf ließ sich Frau Irenes Stimme vernehmend »Wirden, Sie sind's! Warum kommen Sie? Ich schrieb Ihnen doch!«

»Ja, gnädige Frau«, erwiderte Wirden, und seine Stimme klang hell und heiter. »Sie schrieben mir und verboten mir zu kommen, weil er es nicht will. Aber jetzt, meine ich, gelten andere Gesetze.«

»Nein, Wirden«, sagte Frau Irene klagend, »das ist unrecht, das ist unehrlich. Er ist draußen im Felde.«

»O ich gehe auch hinaus«, meinte Wirden, »und da wäre es ein Unrecht gegen mich, mir zu verbieten, noch einmal hier bei Ihnen zu sein.«

»Ja, Sie gehen hinaus, ich weiß.« Frau Irenes Stimme klang matt und mutlos. »Ich wünsche Ihnen viel Gutes, Gott behüte Sie. Ich werde oft an Sie denken.«

»Ach nein«, rief Wirden, »nicht nur das zu hören, bin ich gekommen. Ich gehe hinaus – gut, ich freue mich darauf. Es wird jetzt eine Zeit kommen, in der ich zu etwas tauge. Bisher war ich so etwas wie ein Lump, ein leichtsinniger Vogel, ein Windhund – nannte er mich nicht so? Nun ja, ich lebte ein Leben, das mir aufgedrängt worden war, in das ich hineinpaßte wie die rechte Hand in den linken Handschuh, das kann anders werden. Aber bevor einer hinausgeht, ordnet er seine Angelegenheiten, er will mit einem leichten Herzen hinausziehen. Nun, ich habe eigentlich keine Angelegenheiten – nur eine, eine einzige. Und wenn ich die nicht erledige, dann – würde ich keine Ruhe drüben haben, auch nicht im Grabe. Und diese Angelegenheit ist, Ihnen zu sagen, daß ich Sie liebe, Sie liebe, Sie liebe – so, das tut gut.« Er seufzte tief auf.

»Mußte das sein?« sagte Frau Irene leise.

»Das mußte sein!« erwiderte Wirden. »Sie wußten es vielleicht, natürlich wußten Sie es, aber es mußte sonnenklar vor Sie hingestellt werden, sonst verflüchtet es sich, zergeht in Nebel. Sie denken vielleicht zuweilen: der gute Wirden, er mag mich wohl geliebt haben. Nein, der gute Wirden liebt Sie wie ein Unsinniger, diese Liebe ist das einzig Gute in ihm, das einzige, was er an sich achtet, das einzige in ihm, wovor er den Hut abnimmt. So steht es.«

»Ach, Wirden, Sie quälen mich«, klagte Frau Irene.

»Ich quäle Sie nicht!« rief Wirden. »Er quält Sie! Er darf Sie quälen, denn Sie sind ja sein Eigentum, sein Besitz, sein Guthaben.«

»Und meine Ruhe«, wandte Irene ein, »mußten Sie die stören?«

»Ja, die mußte ich stören«, sagte Wirden triumphierend, »denn wir leben nicht um der Ruhe willen. Wir haben kein Recht auf Ruhe. Wir haben ein Recht auf Lieben und Leiden, aber, mein Gott, diese sogenannte Ruhe …«

Es wurde einige Augenblicke ganz still in der Laube. Draußen auf dem Rasen kauerte Paul regungslos, und auf seinem Gesichte lag ein seltsamer Ausdruck der Angst.

»Ach, mein Freund, was machen Sie aus mir?« begann Frau Irene wieder.

»Etwas Herrliches«, entgegnete Wirden, »eine liebende Frau.«

»Wie stolz war ich auf meine Unnahbarkeit«, versetzte Frau Irene, und ihre Stimme klang müde und weich, »wie stolz war ich – und jetzt: wie all die anderen, nichts wie eine verliebte Katze.«

Wirden lachte leise. »Ich weiß«, sagte er, und in seine Stimme kam das atemlose Schwingen, das ein zu schnell schlagendes Herz in eine Stimme legt. »Ich weiß, ihr heiligen Frauen baut kleine, verlogene Festungen, die sind dann die Unnahbarkeit, das Gleichgewicht, sagt man nicht so? Alles muß stimmen. Abrechnungen stimmen zuweilen, aber das Leben stimmt nicht; wo es aufhört zu stimmen, da fängt das Leben an. Es ist gut, daß die kleinen, verlogenen Festungen fallen, dann wird das Wunder frei. Und ist es nicht ein Wunder, so viel Glück von sich ausgehen zu lassen, daß ich alter Zecher berauscht bin, wie ich es noch nie in meinem Leben war. Mein Gott! An dem Glück dieser Augenblicke werde ich da draußen lange zehren, werde mich an ihnen wärmen, es wird meine Liebesgabe sein.«

»Und ich?« sagte Frau Irene.

Wirden entgegnete etwas, aber so leise, daß Paul es nicht verstand. Er wollte auch nichts weiter hören. Sachte erhob er sich und schlich dem Hause zu. Er steckte den Finger in den Mund. Auf seinem Gesicht lag ein Ausdruck des Erstaunens und hilfloser Verwirrung. Was geschah dort? Was war das? Er begriff nicht; noch nie hatte er seine Mutter mit dieser Stimme sprechen gehört und sie, die ihm das Bekannteste und Vertrauteste im Leben war, sie schien ihm plötzlich seltsam fremd, und er fühlte sich einsam. Er ging in das Haus und in die Küche. Dort mitten im gelben Sonnenschein saß die alte Marie auf einer Bank und strickte an einem Soldatenstrumpf.

»Ich will bei dir bleiben«, sagte Paul und setzte sich zu ihr. »Was ist mit dir, Kind?« fragte Marie und schaute ihn über die Brillengläser hinweg an. »O, nichts«, meinte Paul. Schweigend betrachtete er eine Weile das alte braune Gesicht; hier war alles bekannt, alles verständlich, und es tat ihm wohl. »Marie«, begann er endlich, »warst du in deinem Leben auch einmal eine verliebte Katze?«

Die Alte ließ den Strickstrumpf in den Schoß sinken und rief: »Allmächtiger Gott, was das Kind fragt, was ist mit dir?«

»O, nichts«, erwiderte Paul und schaute wieder schweigend auf das Gesicht seiner alten Wärterin.

Nach dem Abendessen breitete Tante Dina die Zeitung auf dem Tische aus, bereit, sie vorzulesen. Frau Irene war noch damit beschäftigt, Zahlen in ihr Hausbuch einzutragen, während Paul müßig auf dem Sofa saß und Tante Dinas Schatten auf der Wand betrachtete. Dieser war merkwürdig spitz und eckig, und schaute Paul ihn längere Zeit an, dann erhielt er ein wunderlich selbständiges Leben.

Endlich warf Frau Irene die Feder fort, erhob sich und sann vor sich hin: »es stimmt nicht, es stimmt nicht«. Sie ging an das Fenster. »Wie groß die Sterne heute sind«, sagte sie, »der Mond ist auch da, ich muß hinaus, die dummen Zahlen haben mir den Kopf schwer gemacht. Komm, Paul.« So war's jetzt jeden Abend, es litt sie nicht in dem Zimmer, sie mußte unter den Sternen sein, sie mußte in der Mondnacht umherstreifen. Sie gingen die Dorfstraße hinauf. Der Mond versilberte die Fenster der Häuser, die Dachecken warfen schwarze Schattenstücke auf den hellbeschienenen Kies. Es war so still, daß aus den Ställen das Klirren der Ketten, das Aufschlagen von Pferdehufen deutlich vernehmbar war. In der taufeuchten Tannenallee war es dunkler und kühler. Hier gingen Liebespaare langsam auf und ab.

Frau Irene schaute nachdenklich und schweigend zum Monde auf, zuweilen sang sie leise vor sich hin, und dann plötzlich ergriff sie das Bedürfnis zu sprechen, schöne Worte feierlich in das Schweigen der Nacht hineinzurufen: »Ist es nicht schön, Junge, fühlst du das?«

»Ja«, sagte Paul gehorsam. »Ist es nicht schön«, fuhr Frau Irene fort, »wir gehen hier wie Könige durch einen wunderschönen Saal, über uns hängt alles voller Gold, hier unten duftet es ganz süß, die Luft ist wie ein herrliches Getränk, und alles ist so wunderbar und geheimnisvoll. Wir aber gehören dazu, wir sind auch wunderbar und geheimnisvoll. Was wissen wir von uns, wir leben, weil wir leben müssen, und wenn auch alles furchtbar und traurig um uns ist, plötzlich kommt ein Gefühl des Glückes über uns, wir fühlen es, weil wir nicht anders können. Fühlst du das auch, Junge?«

»Ja, Mama«, sagte Paul wieder, und wirklich, er fühlte es, fühlte es im Herzen, es benahm ihm ein wenig den Atem und schnürte ihm die Kehle zusammen. Gleich darauf jedoch dachte er daran, daß die Mutter wieder die fremde Damenstimme hatte wie damals in der Laube, und es ergriff ihn jenes Gefühl der Fremdheit, das ihn seit jenem Morgen seiner Mutter gegenüber zuweilen befangen machte, und dann kamen gleich wieder die sorgenvollen Gedanken an Lulu und Nandl und deren Verachtung. Wenn sie hereinkamen, ging Paul, müde vom Gange, gleich zu Bett, und die geschmückte Ruhe der Sommernacht breitete sich sänftigend über seine Träume.

Am Tage hatte Paul jetzt eine neue Beschäftigung, er übte sich darin, Mut zu haben. Häufig verließ er den Garten, um allein die Landstraße entlang zu gehen. Er wußte wohl, es konnten ihm Wanderburschen begegnen, jene unheimlichen Gestalten, die ihn bis in seine Träume hinein verfolgten, es galt aber, Mut zu zeigen; oft bog er auf die Wiesen ab, ging zwischen den Kühen umher, blieb stehen und begegnete fest dem gleichgültigen Blick der großen, ruhigen Kuhaugen.

Einmal wagte er es, seine Hand auf die Flanke eines der Tiere zu legen. Das Herz klopfte ihm dabei, allein er verstand jetzt, das war das Wesen des Mutes: man fürchtet sich und tut so, als ob man sich nicht fürchte. Von Kindheit an hatte ihn Angst erfaßt, wenn er in ein dunkles Zimmer kam, denn es schien ihm, als stünden stille, graue Männer in den finsteren Ecken. Dennoch hätte er um keinen Preis gewollt, daß jemand um diese Angst wüßte. Und so meinte er, erging es allen, auch den Erwachsenen, sie kannten alle die stillen, grauen Männer und taten doch so, als gäbe es keine. Hätte eine böse Kuh Nandl etwas zuleide tun wollen, er hätte sich ihr entgegengestürzt trotz seiner Furcht – ja, er wünschte, daß sich so etwas ereignen möge. – Zu Hause im Garten spielte er dann Mut haben.

Eines Vormittags beschloß Paul, allein in den Wald zu gehen. Gewiß konnte er Schlangen begegnen, das sollte ihn jedoch nicht abhalten. Vom Wege bog er geradeaus in den Wald ab, ging mitten in das Dickicht hinein, und während er so ging, fand er, daß es hier nichts zum Fürchten gab. Sonnenflecke sprenkelten den Waldboden, Pilze machten sich auf dem Moose breit, groß und gelb wie Eierspeisen, oder Scharen kleiner Hutpilze auf schlanken Stielen, zerbrechlich wie graues Glas. Ein Eichelhäher flog nah an Paul vorüber, so daß er die blauen Federn an den Schwingen sehen konnte. Der frische, säuerliche Duft der großen Farren stieg ihm angenehm in die Nase. So schlenderte er gemächlich hier unter den großen Tannen.

Plötzlich vernahm er in seiner Nähe hinter einem Tannendickicht einen Ton, den er sich nicht recht zu deuten wußte. Er klang wie der schrille Hilferuf eines kleinen Tieres, bald wie das Fauchen einer Katze. Paul dachte daran, umzukehren, allein es trieb ihn doch vorwärts. Er kroch durch das Tannendickicht, und vor ihm lag eine kleine Lichtung, weiß von den sachte zitternden Flocken des Wollgrases, hell beschienen von der Mittagssonne. Und mitten in all dem Weiß und all dem Licht stand Lulu in seinem blauen Leinwandkittel, ohne Hut, die Füße nackt, und hielt mit der einen Hand Nandls Arme, während er mit der anderen seine Peitsche schwang und sie erbarmungslos auf ihren Rücken und ihre Schultern niedersausen ließ. Sein Gesicht war zornrot, und er wiederholte mit heiserer Stimme: »Wirst du das noch einmal sagen?«

Nandl krümmte sich unser den Schlägen, stieß schrille Schreie aus, fauchte, stieß mit ihren dünnen Beinen gegen Lulu an, versuchte ihn mit ihren Nägeln zu kratzen. Er jedoch schlug unerbittlich auf sie ein. Paul staunte dieses Bild einige Augenblicke wie erstarrt an, dann schoß das Blut ihm heiß zu Kopf, und er fühlte, wie sich in ihm alles schmerzhaft straffte und spannte. In wenigen Sätzen war er bei den beiden, stand da, atemlos, und brachte mühsam die Worte hervor: »Ich will nicht, daß du sie schlägst.«

Lulu ließ Nandl los, schaute auf und verzog den Mund. »Das Würmchen hier«, sagte er, »was willst denn du? Nimm dich in acht, daß du nicht auch eins kriegst!«

»Ich fürchte mich nicht«, erwiderte Paul, und krampfhaft ballte er seine Hände zu Fäusten. »Komm nur.«

Lulu lachte. »Du verkriechst dich doch ins nächste Mauseloch«, meinte er wegwerfend.

Nandl stand da, das Haar zerrauft, das Gesicht rot und tränenfeucht, ihre Augen erschienen jetzt schwarz und waren seltsam blank. Die Lippen hielt sie halb geöffnet, und sie atmete stark. Im Ringen war ihr das Mieder aufgegangen. Lulus harte Hand hatte ihr das Hemd zerrissen, so daß es ihr über die Schulter herabglitt. »Komm«, sagte Paul, und wollte Nandls Hand fassen, denn eine grenzenlose Bewunderung ergriff wie ein körperlicher Schmerz sein Kinderherz. »Komm, ich will nicht, daß er dich schlägt.« Nandl jedoch entzog ihm ihre Hand, schob die Unterlippe vor und sagte mürrisch: »Was willst denn du, ist das deine Sache?«

Lulu aber lachte spöttisch: »Toll ist das Würmchen heute, hat Baldrian gefressen; gehen wir, du siehst ja, es wird gleich anfangen zu heulen, das kleine Kind.« Damit wandte er sich ab und ging dem Walde zu; er warf den Kopf in den Nacken und ging ein wenig breitbeinig. Nandl, ohne Paul anzuschauen, bückte sich, hob vom Boden einen Kranz von Tannen und Vogelbeeren auf, der ihr während des Kampfes vom Kopf gefallen sein mochte, setzte ihn sich auf das wirre Haar und ging hinter Lulu her. Sie senkte den Kopf. Das zerrissene Hemd hing ihr noch von der Schulter herab, und die Sonne beschien hell ihre braune Kindernacktheit.

Paul starrte den Davongehenden nach, bis sie hinter den Tannen verschwanden, dann warf er sich auf den Boden, mitten hinein in die Flocken des Wollgrases, und begann zu weinen, zu weinen, daß es seinen ganzen Körper schüttelte, und es war ihm, als müßte etwas in ihm springen.

Seit jenem Tage vermied es Paul, sich Lulu und Nandl am Gartenzaun zu zeigen. Er versteckte sich hinter einem Strauche, er wollte nicht gesehen werden, aber sehen wollte er. Zu beobachten, wie Nandls kleine braune Füße vorsichtig über den Kies hingingen, verursachte in ihm ein Empfinden, das ihm fremd war, ein starkes Wohlgefallen, in dem dennoch etwas wie Schmerz lag. Jetzt entschlüpfte er öfters um die

Mittagszeit dem Garten, lief die Dorfstraße hinauf bis zu dem Stall des Kirchbauern und spähte durch die Stalltüre. Dort sah er dann Nandl, sie stand in dem Stroh neben dem dampfenden Milchkübel, ein dunkles Figürchen in all dem Gelb, sie lachte, daß es im Stall widerhallte, und spielte mit einem braunen Kalbe. Dieses Bild nahm Paul mit sich nach Hause, und es beschäftigte ihn den ganzen Tag über. »Woran denkst du, Kind?« fragte ihn seine Mutter. »An nichts«, erwiderte Paul. »Ich glaube«, bemerkte Frau Irene zu Tante Dina, »das Land macht das Kind zu verträumt!« Verträumt, sagte sich Paul, was wußten die Erwachsenen von den Sorgen und Schmerzen, die ihn quälten.

Eines Nachmittags stand Paul wieder hinter dem Busch und wartete auf Lulu und Nandl, als er vom Hause her gerufen wurde. Marie stand in der Haustür. »Paul, Kind«, sagte sie, »du sollst heraufkommen.« Sie machte ein feierliches Gesicht, kniff die Lippen zusammen und hatte gerötete Augen. In der Wohnstube fand Paul seine Mutter und Tante Dina auf dem Sofa sitzend, Frau Irene drückte ihr Taschentuch an das Gesicht und weinte. »Ach mein Sohn«, rief sie, als Paul eintrat und schloß ihn in ihre Arme, »dein guter, edler Vater hat uns verlassen, er ist gefallen, du armes Kind, du bist jetzt eine Waise.« Vor heftigem Weinen konnte sie nicht weitersprechen, Tante Dina saß gerade da, sie faltete die Hände im Schoß, bewegte tonlos die Lippen, und große Tränen rannen die eingefallenen Wangen herab. Auch Marie, die an der Tür stehengeblieben war, weinte, faltete die Hände und bewegte tonlos die Lippen.

Sie weinten alle, nur Paul konnte nicht weinen. Er rieb sich mit den Händen die Augen, verzog sein Gesicht, allein er fühlte es deutlich, er würde nicht weinen können; beschämt verbarg er sein Gesicht in den Schoß seiner Mutter und lag regungslos da.

»Ich weiß«, begann Frau Irene wieder mit tränenerstickter Stimme, »ich weiß, Tausende haben jetzt denselben Schmerz wie ich, und dennoch, unser eigener Schmerz erscheint uns so furchtbar einzig.«

»Gott wird uns trösten«, sagte Tante Dina.

»Amen«, sagte Marie an der Türe. Dann wurde es ganz still im Zimmer, nur Frau Irenes leises Schluchzen war hörbar und das Summen der Fliegen an den Fensterscheiben.

Paul wurde sehr beklommen zumute, und er wünschte, er wäre draußen. Endlich sagte Tante Dina: »Marie, ich denke, wir machen der gnädigen Frau eine Tasse Tee, das wird ihr guttun«, und so kam wieder

Leben in das Zimmer. Paul erhob sich, machte einige unschlüssige Schritte und schlüpfte dann zur Türe hinaus in den Garten. Dort blieb er vor dem großen Blumenbeete stehen und starrte die kleinen Astern an, die jetzt zu blühen begannen. Wie seltsam hatte sich alles in wenigen Augenblicken verändert. Er war jetzt eine Waise. »Wie ist das? Wie ist man, wenn man eine Waise ist? Ist man immer traurig, lacht man nicht mehr?« All das war ihm noch fremd und unverständlich.

Er ging und stellte sich am Gartenzaun auf, hier wollte er Lulu und Nandl erwarten. Dort kamen sie schon die Dorfstraße herab. Lulu hatte die Hände voller Kletten, die er Nandl in das Haar warf. Nandl wehrte sich und stieß kleine Schreie aus. Vor dem Gartenzaun blieben sie stehen. Lulu verzog höhnisch seinen Mund. »Grüß Gott, Würmchen«, sagte er, »in welches Loch hast du dich denn die ganze Zeit verkrochen? Was machst du heute für ein dummes Gesicht?«

»Mein Vater ist tot«, sagte Paul. Nandl warf ihm einen schnellen Blick zu und schlug dann die Augen nieder. Lulu stieß einen leisen Pfiff aus und sagte: »So, so.« Mehr wußte er nicht zu sagen, wurde befangen und begann langsam weiterzugehen. Nandl folgte ihm, Paul schaute ihnen mit einem Gefühl des Triumphes nach, und es schien ihm, daß er heute einen Sieg über Lulu davongetragen hatte, und daß Nandl ihn vielleicht bewunderte.

Den Abend verbrachte die Familie auf der Veranda. Die Luft war still und mild, Wolken bedeckten den Himmel, und es begann früh zu dunkeln. Tante Dina seufzte viel, und Frau Irene sprach klagend in die Finsternis hinaus: »Wir müssen ja unseren Weg bis zu Ende gehen, ich weiß es, aber wie sehr sehne ich mich schon, am Ziel zu sein. Der Weg führt jetzt durch soviel Furchtbares und Grausames. Wie schön wäre es, in eine stille Ewigkeit einzugehen, zusammen mit den Lieben. Das wird das Glück dieser Ewigkeit sein, daß wir einander immer verstehen werden, daß wir ineinander lesen werden wie in heiligen Büchern und daß es nicht mehr die furchtbare Qual des Zuspätverstehens geben wird.« Paul grübelte über die Worte, die er hörte, nach, über Sterben und Ewigkeit. Die Ewigkeit sah aus wie das kleine Bild in Tante Dinas Gebetbuch, auf Goldgrund eine Flucht kleiner weißer Engel. Seine Mutter konnte er sich als Engel denken, sich selbst auch, allein den Vater, das war schwer. Diese Gedanken machten müde und ein wenig schwindlig, wie wir schwindlig werden, wenn wir lange in den Sternhimmel hineinsehen. Er wollte lieber an Nandl denken, und ob die ihn jetzt mehr achtete, weil er eine Waise war. Endlich erhob sich Frau Irene. »Ich muß noch die Tagesrechnung abschließen«, sagte sie. »Ach laß das heute«, schlug Tante Dina vor. Frau Irene bestand jedoch darauf. »Er wollte das immer. Er sagte: Zahlen sind die Reinlichkeit des Lebens.«

Den nächsten Tag fuhren Frau Irene und Tante Dina in die Stadt. Paul blieb unser der Obhut der alten Marie. Er war erregt und mißmutig und wußte mit sich selber nichts Rechtes anzufangen. Es freute ihn zwar, durch die Dorfstraße zu gehen und sich von den Leuten ernst und mitleidig ansehen zu lassen, zu Hause im Garten jedoch langweilte er sich. Die früheren Spiele reizten ihn nicht mehr. Er erfand ein neues Spiel, das hieß Fallen. Er stand mit einem Stocke da und schoß, und plötzlich fiel er um und lag regungslos da. Er war tot, er war gefallen. Wie sollte das Spiel aber weitergehen, was geschah, wenn man gefallen war? Die Ewigkeit, gut, die Ewigkeit jedoch verstand er nicht zu spielen. So beschloß er denn, wieder seine Übungen im Zeigen von Mut aufzunehmen.

Nahe dem Garten lag ein Stück Land, das vor längerer Zeit abgeholzt worden war, jetzt wucherte dort dichtes Erlengebüsch, durch das ein Labyrinth schmaler Pfade hindurchführte. Bisher hatte Paul den Erlenbusch vermieden, nun beschloß er, ihn bei Anbruch der Dämmerung zu besuchen. Unter den hohen Büschen dunkelte es bereits, und seltsam warm war es hier, es schien, als verweilte die Hitze des Tages länger unter den dichten Zweigen, und die Erlenblätter strömten einen herben, starken Duft aus. Wenn Paul den Kopf zurückbog, sah er den Mond zwischen den Wipfeln der Büsche hindurchschimmern, und sein Schein hing zitternde Lichtflecken in das Gezweige. Dabei ging ein sachtes, kaum merkliches Sichregen, ein flüsterndes Leben durch das schon schwarz scheinende Laub. Während Paul die schmalen Pfade entlang ging, fühlte er sich einsam und dennoch nicht allein. Es war ihm, als liefen beständig unsichtbare Füßchen auf leisen Sohlen neben ihm her. Er beschleunigte seine Schritte, er wollte bald wieder heraus sein aus dieser Welt des Raunens und Flüsterns. Plötzlich hörte er einen Ton, einen leisen Knall. Er blieb stehen, sollte er umkehren? Aber er hatte sich schon daran gewöhnt, seiner Furcht nicht zu gehorchen. Er ging tapfer weiter.

Als er schroff um eine Ecke bog, stand eine kleine Gestalt vor ihm, Mondflitter im schwarzen Haar. »Nandl«, sagte Paul, »du bist es.«

»Ach du bist es«, sagte das Mädchen ruhig. Nandl hatte Erlenblätter gepflückt, drückte sie auf ihre Lippen und ließ sie knallen.

»Was suchst du hier?« fragte Paul.

»Ich gehe spazieren«, erwiderte Nandl, »und du?«

»Ich auch«, erwiderte Paul, und es machte ihn stolz, zu tun, als sei es auch für ihn etwas Selbstverständliches, hier in der Dämmerung spazierenzugehen. Nandl erwiderte nichts und ließ ein Blatt auf ihren Lippen knallen.

»Dann können wir zusammen gehen«, schlug Paul vor.

»Das können wir«, meinte Nandl. So gingen sie nebeneinander her, eng beieinander, zwischen den dunklen Wänden der Büsche. Zuweilen schaute Nandl zum Monde auf, blinzelte mit den Augenlidern und bemerkte: »Er ist hell, heute.«

»Ja«, sagte Paul und schaute ernst in das runde, mondbeglänzte Kindergesicht. »Wo ist Lulu?« fragte er dann.

»Lulu ist mit seiner Mutter in die Stadt gefahren«, antwortete Nandl. Paul sann eine Weile vor sich hin. »Warum schlägt er dich?« begann er wieder. Nandl zuckte mit den Schultern. »Buben schlagen immer; ich kratze.«

»Ich könnte dich nicht schlagen«, versicherte Paul, »ein Mädel zu schlagen, das ist feige.« Nandl antwortete nicht gleich, endlich sagte sie: »Lulu sagt, du trinkst Kaffee im Bett, du schläfst am Abend mit einem Stück Kuchen im Munde ein, und du fürchtest dich vor allem.«

»Lulu lügt«, erwiderte Paul. »Lügen tut er schon«, bestätigte Nandl ruhig.

Jetzt wurde Paul beredt, sein Herz brannte ihm vor Entrüstung. »Ich fürchte mich nicht. Ihr werdet sehen, was ich noch tun werde. Ich gehe dort über den Berg, dort drüben sind auch die Feinde, ich gehe, bis ich zu ihnen komme; bis ich zu den Soldaten komme, die schießen und sterben; bis ich dorthin komme, wo mein Vater gestorben ist.«

»Das ist zu weit«, warf Nandl ein.

»Das ist mir gleich«, fuhr Paul eifrig fort. Alles schien ihm jetzt möglich, alles schien ihm erreichbar. »Wenn ich unterwegs Soldaten begegne und ihnen sage: ›Mein Vater war tapfer und ist gefallen‹, dann nehmen sie mich mit. Und vielleicht«, fügte Paul triumphierend hinzu, »vielleicht falle auch ich.«

Nandl schaute ihn einen Augenblick an mit ihren dunklen Augen, in denen der Mondschein kleine Goldfunken erweckte, sie sagte jedoch nichts. Der Weg wurde jetzt eng und dunkel, und in einem der Büsche begann es zu rauschen und zu flattern. Ein Vogel mochte dort zur Nachtruhe eingefallen sein und, von den nahenden Schritten aufgestört, ausfliegen wollen. Ängstlich drängten sich die Kinder aneinander. »Was ist das?« fragte Nandl. »Nichts«, erwiderte Paul und hoffte, der Augenblick sei gekommen, in dem er Nandl schützen könnte. Nandl jedoch war gleich wieder beruhigt. »Ein Vogel ist es«, bemerkte sie vernünftig. Paul aber erfaßte den heißen Kinderarm, der sich fest an ihn gedrückt hatte, und küßte ihn. »Dumm«, meinte Nandl, nicht unfreundlich. Dann gingen sie weiter. Nandl legte ihren Arm auf Pauls Schulter wie sie es bei den großen Mädchen gesehen hatte, die abends mit ihrem Schatz die Tannenallee entlanggingen.

»Sag', Nandl«, begann Paul wieder, und er war so erregt, daß er hätte weinen können, »sag', wirst du weinen, wenn ich falle?«

»Wenn eins stirbt«, erwiderte Nandl, »dann weint man schon.«

Nun waren sie bis ans Ende des Busches gekommen. Weit und mondbeschienen lag das Land vor ihnen, und die große Helligkeit schüchterte die Kinder ein, die aus der Dämmerung des Busches kamen. Sie ließen sich los und gingen still nebeneinander her. An der Gartenpforte trennten sie sich. »Gute Nacht«, sagte Nandl. »Gute Nacht«, erwiderte Paul. Marie zankte, weil Paul solange ausgeblieben war. Er aber fühlte ein Glück, wie er es noch nie empfunden zu haben glaubte. Noch im Bett dachte er an Nandl und lächelte, und zum erstenmal schlief der sorgenvolle Knabe lächelnd ein.

Frau Irene und Tante Dina kamen aus der Stadt zurück. Sie trugen schwarze Kleider und lange schwarze Schleier an ihren Hüten. Auf den Tischen des Wohnzimmers wurden schwarze Stoffe zugeschnitten. Auf einen kleinen Tisch hatte Frau Irene den Hut des Direktors gelegt, in der Ecke stand sein Spazierstock, und an einem Haken darüber hing der helle Sommerüberzieher. Auf der Kommode aber stand ein großes Bild des Direktors in goldenem Rahmen, davor Vasen mit frischen Blumen.

Paul schien es, als sei der Vater mehr denn je eingezogen und beherrschte ganz den Raum. Jeden Tag saß Frau Irene vor dem Bilde ihres Mannes, sie nahm Paul zu sich und sprach ihm von seinem Vater, wie gut und edel er gewesen sei, und sie ermahnte Paul, zu werden wie er, so gut und edel. Paul liebte diese Augenblicke nicht. Erstens weinte seine Mutter, und er konnte nicht weinen, und dann, er kannte solche andächtige Stunden, stets nahm das Gespräch in ihnen eine Wendung, die wie ein Tadel für ihn, Paul, klang, und das war peinlich. Am Nachmittage machte er mit seiner Mutter lange, schweigsame Spaziergänge. Der September brachte warmes Wetter. Das milde Gold der Herbstsonne lag friedlich über den gemähten Wiesen und dem blassen Purpur der Zeitlosen. Aber wenn ein leichter Wind Frau Irenens lange Trauerschleier emporwehte, dann schien es Paul, als legte sich auch über die Wiesen und Wege die traurig andächtige Stimmung, die jetzt die Villa beherrschte.

Eines Nachmittags, als sie den kleinen Weg entlanggingen, der zu dem Bahnhof führte, blieb Frau Irene plötzlich stehen, sie wurde blaß und griff nach Pauls Hand. Er verstand es, er sollte bei ihr bleiben. Aber was gab es denn? Ihnen entgegen kam mit schnellen Schritten ein junger Offizier, Paul erkannte Herrn von Wirden. Frau Irene ging jetzt langsam weiter. Als Wirden vor ihnen stand, verbeugte er sich. Sein Gesicht war gebräunt und ernst.

»O, Herr von Wirden«, sagte Frau Irene und reichte ihm die Hand, »sind Sie wieder hier?«

»Eines Auftrags wegen«, berichtete Wirden, »bin ich für einige Tage von der Front zurückgeschickt worden. Da ich hier einen Besuch zu machen hatte, kam ich hierher, und habe nun auch das Glück, Sie, gnädige Frau, begrüßen zu dürfen.«

»Das ist sehr liebenswürdig von Ihnen«, meinte Frau Irene kühl und höflich.

Wirden ging jetzt langsam neben ihr her. Er schaute zu Boden und schien befangen.

»Sie haben eine harte Zeit gehabt«, begann Frau Irene wieder.

»Ja, ja«, erwiderte Wirden. »Es ging zuweilen scharf her, aber schön war es auch. Man merkt da erst, was alles an Lebensmöglichkeit in einem steckt. Es ist unglaublich, was wir im Frieden, so in unseren Bureaus, für Lebensknauser sind.«

»Unser braves Heer«, bemerkte Frau Irene.

»Ja, prachtvolle Kerle«, stimmte Wirden zu, »und zu sehen, wie sie alle ihr Äußerstes daransetzen, Donnerwetter, das ist schön.« Nun schwiegen sie einige Augenblicke. Frau Irene schaute ruhig vor sich hin, als ginge sie mit einem gleichgültigen Besuche spazieren, der nicht leicht zu unterhalten war. Nur Paul fühlte, wie die Hand seiner Mutter in der seinen kalt wurde und sachte zitterte.

»Und Sie, gnädige Frau«, begann Wirden endlich, »darf ich mich nach Ihrem Befinden erkundigen?«

»O, ich«, erwiderte Frau Irene, »ich bin froh, daß ich noch hier in der Stille und Einsamkeit dem Gedenken an meinen lieben Gatten leben kann.«

»O, gewiß, gewiß«, meinte Wirden, »aber das Leben wird doch wiederkommen und seine Rechte fordern.«

»Wird es das?« versetzte Frau Irene, und eine leichte Gereiztheit klang aus ihren Worten. »Ich weiß nicht, ob ich ihm dieses Recht geben werde. Wenn so das Leben eines geliebten Dahingeschiedenen abgeschlossen vor uns liegt, dann fangen wir an, es ganz zu begreifen, dann leben wir es noch einmal nach, um es immer tiefer zu verstehen. Ich glaube, das kann ein Leben ausfüllen. Und es ist ein Trost und« – sie suchte nach einem Wort, »und – eine Buße –« fügte sie leise hinzu.

Es klang fast böse, als Wirden sagte: »Ja, die Dahingeschiedenen sind stark, sie haben immer recht.«

»Sie sind stark und haben recht«, wiederholte Frau Irene, und ein wenig Rot stieg in ihre bleichen Wangen. »Wenn wir jetzt erst einen geliebten Dahingegangenen ganz begreifen, dann wollen wir auch ganz nach seinem Gesetze leben, und ich glaube, er ist noch um uns, er fühlt es, daß wir ihn jetzt verstehen, daß wir für ihn leben, und er verzeiht uns, daß wir früher so töricht waren, es nicht zu können.«

Während Frau Irene sprach, schaute Wirden sie aufmerksam an, und es war etwas wie Erstaunen, das in seinen Augen lag, und als er zu sprechen begann, stieß er die Worte scharf und ungeduldig hervor: »O, gewiß, Ehre unseren edlen Toten. Jetzt liegen da draußen Tausende edler, braver Männer, wir wollen ihrer gedenken und sie ehren, aber soll das Leben jetzt unter dem Gesetz der Toten stehen? Da wir leben müssen, wollen wir auch dem Gesetz des Lebens gehorchen.«

»Ach, diese törichten, unreinen Gesetze«, unterbrach ihn Frau Irene, »o nein, von denen habe ich genug.«

Wirden zuckte, kaum merklich, mit den Schultern, und als er zu sprechen fortfuhr, klang seine Stimme wieder leise und mutlos: »Ja, dann haben wir unrecht, wir, die wir nicht gefallen sind, zu leben. Unsre gute Zeit kommt, so scheint es, erst wenn wir tot sind, dann werden wir stark, dann haben wir recht.«

Irene schien die Bitterkeit dieser Worte zu überhören. Sie blieb stehen und sagte: »Nein, Herr von Wirden, ich wünsche Ihnen viel Gutes, ein schönes, glückliches Leben. Es war sehr liebenswürdig von Ihnen, mich aufzusuchen.«

Wirden beugte sich über die Hand, die sie ihm reichte, und küßte sie. »Ich glaube«, murmelte er, »es war sehr töricht.« Paul schaute Wirden an, er erschien ihm sehr bleich, und Paul dachte wieder, wenn erwachsene Herren weinen könnten, würde er jetzt weinen.

Wirden war gegangen. Frau Irene bog nicht zu ihrer Villa ein, sondern ging noch einen Pfad zwischen den Wiesen hin, sie liebte es, zu sehen, wie die Dämmerung das Tal in seine Schatten und Nebel einspann. An dem noch hellen Himmel leuchtete bereits ein Stern auf. »Sieh den Stern«, sagte Frau Irene, »wie er heruntergrüßt. Wenn ich solch einen Stern sehe, ist es mir, als schaute Vater auf uns nieder, als sei er uns nah.«

»Ist Vater noch da«, fragte Paul leise, »sind wir noch da, wenn wir tot sind?«

»Ich glaube es, mein Kind«, erwiderte Frau Irene, »ich glaube, unsere Lieben verlassen uns, die wir noch auf Erden sein müssen, nicht ganz. – Sieh doch, den schönen Enzian dort, geh, hol ihn, wir wollen ihn vor Vaters Bild stellen.«

Paul machte einige Schritte, der Gedanke an diesen Vater, der noch bei ihnen sein sollte, ließ ihn zaudern, sich auf die nebelweiße Wiese hinauszuwagen, dann ging er aber doch und holte den Enzian.

Heiß lag die Mittagssonne auf der Dorfstraße, als Paul sie eilig hinablief. Aus den geöffneten Fenstern strömte der Geruch der Mittagsmahlzeiten, scholl das Klappern von Tellern oder das laute Beten der Tischgenossen. In den Ställen brüllten die Kühe, an den Gartenzäunen machten die Hühner Löcher im Sande, um sich darin zu kühlen. Sattes Behagen brütete um diese Stunde über dem Dorf.

Paul hatte beschlossen, Nandl zu sehen. Seit dem Gang im Erlenbusch glaubte er ein Recht auf sie zu haben, und um diese Zeit war er vor Lulu sicher. Am Stall des Kirchbauern schaute er durch die Tür. Niemand schien darin zu sein, nur die Kühe standen vor ihren Krippen und kauten laut am Grünfutter. Paul wagte sich in den Stall, einige Hühner stießen Alarmrufe aus, die eine oder die andere Kuh blickte mißbilligend auf. Paul sah sich um, und wirklich, dort in der Ecke auf einem Strohbündel lag Nandl und schlief. Sie lag auf dem Rücken, das

Gesicht heiß vom Schlaf, das wirre Haar von Strohhalmen wie von Goldfäden durchzogen. Die Hände hielt sie über der Brust gefaltet, die nackten Füße kreuzte sie.

Paul stand vor ihr, neigte den Kopf auf die rechte Schulter und schaute sie bedächtig an. Er bückte sich und kitzelte mit dem Zeigefinger eine von Nandls Fußsohlen. Der Fuß wurde zurückgezogen, und über das Gesicht des schlafenden Mädchens ging ein ärgerlicher Zug. Nandl wurde unruhig, schlug die Augen auf, sah Paul schlaftrunken an. Dann richtete sie sich ein wenig auf und sagte, nicht eben freundlich: »Du bist es?«

Paul rieb sich die Hände und lächelte liebenswürdig. »Ja, Nandl, ich. Ich bin gekommen –«

»Warum?« fragte Nandl.

»Ich bin gekommen«, fuhr Paul fort, »wir könnten vielleicht zusammen in den Erlenbusch gehen?« Nandl antwortete nicht gleich und schaute über Paul hinweg in den Sonnenstrahl, der durch das kleine Fenster fiel, dann zog sie die Augenbrauen hoch und meinte: »Nein, mit dir geh' ich nicht, Lulu sagt, du lügst, Lulu sagt, du wirst nicht dort hingehen, wo sie kämpfen, er sagt, es ist zu weit, und du bist zu feige!«

Paul wurde blaß, und sein kindliches Gesicht nahm einen ältlichen, vergrämten Ausdruck an. »Ihr werdet sehen, ob ich's nicht tue«, sagte er bekümmert, wendete sich um und verließ den Stall. Langsam mit gesenktem Kopf ging er die Dorfstraße entlang, und in ihm klang es immer wieder: »Jetzt muß ich es tun, jetzt werde ich es tun, es ist furchtbar, aber ich werde es tun.« Er fühlte, wie der seltsame Entschluß sich in sein Knabengehirn festkrallte, unentrinnbar. Es war ihm, als zöge da ein fremder Wille in ihn ein, dem er gehorchen müsse. Wie das werden sollte, wußte er nicht, aber er würde es tun, und zum erstenmal empfand er, daß sein Schicksal in seine eigene Hand gelegt war.

Zu Hause war Paul still und nachdenklich. Er hielt sich jetzt gern im Wohnzimmer auf, bei den Erwachsenen, bei den Möbeln, die ihm wieder befreundet waren in diesem Leben, das jetzt ein wenig still und ernst geworden. Er saß am Tisch und zeichnete Soldaten auf ein Papier, hörte zu, was die Mutter und die Tante sprachen, und es war, als fürchtete er sich, allein zu sein mit seinem Entschluß.

Zuweilen legte er den Bleistift fort, lehnte sich in den Stuhl zurück, seine Augen wurden dann groß und hell, als starrten sie auf etwas hin, das ihn erschreckte. »Dem Knaben geht der Tod des Vaters doch sehr nah«, sagte Tante Dina zu Frau Irene. Oft blickte Paul lange das Bild seines Vaters an und dachte: »Wenn ich sterbe, wird mein Bild dann auch dort auf der Kommode stehen, wird mein Hut neben dem Hut des Vaters auf dem Tische liegen und mein Überzieher an der Wand neben dem des Vaters hängen?« Dieser Gedanke tat ihm wohl, gab ihm ein angenehmes Gefühl des Geehrtseins. Abends mußte Marie an seinem Bette sitzen, und wenn sie dann ging und das Licht mit sich nahm, kamen in der Finsternis die Gedanken an den dunklen Weg, den er zu gehen hatte, und in seinen Träumen irrte er beständig auf langen, fremden Straßen hin.

Und dann kam der Tag, an dem er es tat. Frau Irene und Tante Dina waren in die Stadt gefahren, Marie hatte große Wäsche. Am Morgen waren Nandl und Lulu am Garten vorübergegangen, und Lulu hatte hineingerufen: »Held Würmchen, bist du schon eingerückt?« wozu Nandl hell lachte. Am Nachmittage nahm Paul die Vespersemmeln, die Marie ihm zurechtzulegen pflegte, und ging. Sein Weg lag klar vor ihm. Um niemandem zu begegnen, mußte er durch den Erlenbusch, durch den Wald, dann trennte ihn noch ein Stück Wiese vom Berge. Er war ruhig und entschlossen. Es war, als steckten zwei Wesen in ihm, das eine, das handelte, das andere, das angstvoll und neugierig zuschaute. Ein wenig nach vorn gebeugt, den großen blonden Kopf gesenkt, hastete er dahin, er lief fast, mit dem eiligen Schritt der Knaben, die auf verbotenen Wegen gehen.

Es wehte ein starker Südwest, die Erlen fuhren lebhaft durcheinander und rauschten. Auch die Tannen neigten sich hin und her, und es schien Paul, als sei die Natur um ihn her erregt wie er selbst, als wüßten alle diese, die da rauschten und flüsterten, um sein Vorhaben. Vom Waldrande ab ging er einen schmalen Pfad über eine gemähte Wiese. Der Wind trieb große weiße Wolkenballen über den Himmel, und die Wolkenschatten liefen eilig und lautlos über die grüne Fläche. Wenn Paul an den Feldgrillen vorüberkam, schwiegen sie still, kaum war er jedoch vorüber, begannen sie ihr Lied wieder, und es klang, als riefen sie alle: »Sieh, sieh, sieh.« Ohne Gedanken, nur von seinem Vorhaben beseelt, lief Paul weiter, bis er an den Berg gelangte, dann begann er zu steigen. Von der großen Straße bog er in den Wald ab und ging einen kleinen Waldpfad entlang. Dort war das Rauschen tiefer und ernster, die großen Bäume neigten sich, wie die Leute in der Kirche sich im Gebete neigten.

Paul eilte vorwärts, als hätte er ein Ziel. Die silbergrauen Augen schauten gerade vor sich hin, die Augenbrauen zog er ein wenig zusammen. Er sah alles, an dem er vorüberging: das Eichhörnchen, das an ihm vorüberschlüpfte, eine kleine blanke Schlange auf einem Mooshümpel, einen Specht, der eifrig an dem trockenen Schopf einer Eiche klopfte. Nein, der Wald war nicht unfreundlich. Die Tannen breiteten ihre mächtigen Zweige wie mütterliche Arme aus, die hohen Farnwedel reichten Paul bis an die Brust und streichelten seine Hände. Zuweilen ging der Weg steil aufwärts, dann war er wieder eine Strecke eben und bequem.

Wie lange er gewandert war, wußte Paul nicht, aber plötzlich spürte er, daß er hungrig war. Er setzte sich auf einen Baumstumpf, zog seine Semmel hervor und begann zu essen. Die Semmel schmeckte gut, auch war es angenehm, ein wenig die Beine von sich zu strecken, ein wohliges Behagen überkam Paul.

In den Bäumen blitzten hier und da Sonnenlichter, die wieder erloschen, wenn die Wolken über die Sonne hinzogen. Eine Hummel flog langsam vor Paul hin und her und suchte die Blüten ab, die hier standen. Sie summte dabei gemütlich vor sich hin, und Paul mußte lächeln, denn er dachte an die alte Marie, wie sie Sonntags am Fenster saß, ihr Gesangbuch in der Hand, und leise vor sich hin sang. Ja, zu Hause, da suchten sie ihn noch nicht, niemand wußte noch, daß er einsam auf fremden Wegen ging. Aber hier durften sie ihn nicht finden, er mußte weiter, und so brach er wieder auf. Als er aus der Ferne Männerstimmen hörte, ging er vom Wege ab, mitten in das Dickicht hinein, er kletterte steile Abhänge hinan, drängte sich durch dichtes Unterholz, eifrig, ohne klaren Gedanken, wie von einer unwiderstehlichen Macht vorwärtsgetrieben. Allein der Wald erschien ihm jetzt nicht mehr so befreundet. Keine Sonnenlichter huschten mehr über das Moos, alles schien düster und rauher, überall wurden ihm Hindernisse in den Weg gelegt. Die Tannen zerkratzten ihm wie mit kleinen bösen Nägeln das Gesicht, und hier unter den Bäumen begann es schon zu dunkeln. Plötzlich hörte er, wie es rings um ihn her zu flüstern begann, ein gleichmäßiges Flüstern: es war der Regen.

Paul wurde ängstlich. Er begann planlos in dem Dickicht umherzuirren. Kalte Tropfen benetzten sein Gesicht, und aus der Ferne scholl eine große furchtbare Stimme herüber. Paul kannte sie wohl: es war der Donner. Jetzt verlor er den Kopf, er weinte und lief unaufhaltsam vorwärts. »Warum kamen sie nicht«, dachte er, »warum suchten sie ihn nicht, warum fanden sie ihn nicht?« Die Dunkelheit nahm zu, Regen strömte jetzt nieder, und es schien Paul, als sei der ganze Wald jetzt feindlich. Wurzeln legten sich ihm in den Weg, und wenn er fiel, schlugen die nassen Farnwedel schadenfroh über ihm zusammen, die feuchten Zweige griffen ihm wie mit großen kalten Händen in das Gesicht und taten ihm weh. Immer lauter grollte der Donner, das Furchtbarste aber waren die Blitze, deren blaues Licht den Wald so seltsam veränderte. Als nun vollends ein starker Sturm sich erhob und zu heulen und zu ächzen begann, da war die Kraft des Knaben dahin, er verkroch sich unter die Zweige einer Tanne, umschlang seine Knie mit seinen Armen und weinte.

Aber auch das Weinen hat sein Maß. Als Paul nicht mehr weinen konnte, hockte er da, in sich zusammengebogen, zitternd vor Kälte in seinen nassen Kleidern, und starrte in die Dunkelheit hinein, wartete auf die Donnerschläge, horchte hinaus auf die furchtbaren, lauten Stimmen über ihm und um ihn. Ein Zweig klagte wie ein kleines Kind. Zuweilen ging ein Pfeifen durch die Luft, ein schrilles, ungezogenes Pfeifen, als säßen hundert Lulus in den Baumkronen, und in das Heulen des Sturmes mischte es sich wie ein gelles, höhnisches Lachen. Dann kamen die Blitze; in der grellen, zitternden Helligkeit, die den Augen weh tat, sah Paul den Wald in furchtbarer Bewegung, die Bäume schienen durcheinanderzulaufen, schmerzvoll sich windend und klagend, große schwarze Arme emporstreckend. Allenthalben standen dunkle vermummte Gestalten, und auch sie waren da, die stillen grauen Männer, die zu Hause in den dunklen Ecken zu stehen pflegten, hier standen sie an den Baumstämmen herum, die Gesichter von Paul abgewandt, grau und regungslos. Paul wunderte sich nicht darüber, alles Furchtbare mußte hier versammelt sein. In all dem Getöse aber erklang ein Ton, ein eiliges Klopfen, das war Pauls Herz, das zum Zerspringen schlug. Plötzlich erdröhnte ein Donnerschlag, so gewaltig und krachend, daß Paul wie gelähmt da kauerte, und nicht weit von sich sah er eine große entlaubte Eiche in blauem Lichte stehen und zittern.

Jetzt war das Übermaß an Angst in Paul erreicht, eine unendliche Müdigkeit ergriff ihn, der Kopf und die Glieder schmerzten ihm, er öffnete die Lippen, um die kühlenden Regentropfen aufzufangen, schlafen wollte er, nur schlafen; er streckte sich auf das nasse Moos aus. Da war er bei den Schützengräben, ganz gelb lagen sie vor ihm, und da war auch Blut, lange Streifen prachtvoll rotes Blut, er sah niemanden, aber er hörte das Getöse. Plötzlich stand Herr von Wirden neben ihm, er lachte sein lustiges Lachen und sagte: »Du hier, mein kleiner Paul!«

»Ja, ich bin hier«, erwiderte Paul.

»Du bist tapfer, kleiner Paul, stehe hier, gleich kommt der Feind« – und dann kam er, viele kleine Soldaten, sie liefen heran und fielen um, liefen heran und fielen um.

»Ich habe nichts zum Schießen«, sagte Paul. »Das ist nicht nötig«, antwortete Herr von Wirden, »singe nur.« Paul begann zu singen aus Leibeskräften: »Es braust ein Ruf wie Donnerhall, wie Schwertgeklirr und Wogenprall.« Er sang, bis er fühlte, daß das Herz ihm brannte, »das ist der Mut«, dachte er, »der so brennt«, und dort im dunklen Walde, hinein in das Heulen des Sturmes und Grollen des Donners, rief die zitternde heisere Knabenstimme ihren Schlachtgesang.

Und Paul erwachte davon, daß etwas Kühles ihm auf die Stirn gelegt wurde. Seine Mutter stand an seinem Bett. Sie war bleich und hatte vom Weinen gerötete Augen. Der grüne Vorhang am Fenster war niedergelassen, aber ein Sonnenstrahl stahl sich in das Zimmer, er fiel grell golden auf den runden Tisch und auf das alte Sofa mit dem schwarz und rot geblümten Überzug.

»Die sind auch wieder da«, dachte Paul, als sähe er alte Freunde. Er verstand das alles nicht, er war jedoch zu müde, um zu denken, und schloß die Augenlider. Im Zimmer wurde leise hin und her gegangen, zuweilen geflüstert, plötzlich spürte er den Duft tauiger Wiesen, er schlug wieder die Augen auf, auf seiner Bettdecke lag ein Strauß blauen Enzians, und an seinem Bette standen Lulu und Nandl, sie schienen verlegen, schlugen die Augen nieder und falteten die Hände. »Das haben die Kinder dir gebracht«, sagte Frau Irene. Paul versuchte zu lächeln, versuchte etwas zu sagen, und als seine Mutter sich auf ihn niederbeugte, wiederholte er lauter: »Sag' ihnen, daß ich doch dort gewesen bin.« Dann gingen die beiden Kinder leise wieder hinaus.

In der folgenden Nacht starb Paul. Sie begruben ihn auf dem Dorfkirchhof. Alle Dorffrauen hatten ihre Sonntagskleider angezogen. Lulu und Nandl standen an dem Grabe und hielten kleine Kränze aus Tannen und Vogelbeeren in der Hand.

Als alles aus war, gingen die Frauen wieder langsam den Kirchenweg hinab, nur Frau Irene blieb bei dem Grabe, eine einsame, schwarze Gestalt.

Lulu und Nandl gingen schweigend nebeneinander her, nur einmal bemerkte Nandl: »Das konnte er doch – sterben.« Lulu zuckte die Achseln, als sei das keine große Sache. Über den Dächern der Dorfhäuser aber flatterten die Fahnen im Sonnenschein, denn ein neuer Sieg war gemeldet worden.

Nicky

O mein Vaterland, heiliges Heimatland,
wie erbleichst du mit einemmal!

Carl Hauptmann

Die Baronin Nicky begab sich hinaus in die Sommerfrische. Sie stand am geöffneten Fenster des Eisenbahnwagens, einen Rosenstrauß in der Hand, und schaute zu ihrem Gatten hinüber, der vor ihr auf dem Bahnsteig stand und lächelte. Er lächelte das stetige Lächeln der Leute, die auf dem Bahnsteige stehen und zu den abfahrenden Angehörigen im Zuge hinaufschauen. Nicky lächelte auch, allein sie wünschte, es wäre schon vorüber, denn es ist peinlich, so dazustehen und sich freundlich anzusehen, wenn man sich nichts Rechtes mehr zu sagen hat.

Doch jetzt sagte der Baron etwas: »Also, wir haben vierzehn Tage Einsamkeit vor uns, können träumen. Samstag komme ich ein wenig diese Einsamkeit stören.« Nicky verstand nicht recht, er mußte laut wiederholen »Einsamkeit«, da nickte sie. Endlich setzte der Zug sich in Bewegung, der Baron winkte mit der Hand, Nicky winkte mit dem Rosenstrauß, bis der Zug eine Biegung machte.

Nicky setzte sich und drückte sich fest in ihre Ecke. Im Wagen befand sich nur noch eine alte Dame mit einem großen, roten Gesicht, welches sie mit ihrem Taschentuche bedeckte, als sie sich zum Schlafen zurechtsetzte. Nicky schloß auch die Augen.

Es war angenehm, so in das Land hineinzufahren, sie freute sich auf das schöne Bergtal, auf das hübsche kleine Bauernhaus, auf ihre Einsamkeit. Jedes Jahr freute sie sich auf die Sommerfrische, und jedes Jahr war es eine Enttäuschung. Wenn sie jedoch in der Stadtwohnung die Möbel mit den weißen Überzügen bedecken ließ, ihre Sachen fortschloß und alles für ihre Abwesenheit vorbereitete, dann erregte sie ein angenehm erwartungsvolles Gefühl, nun würde sie auf einige Zeit der Gleichförmigkeit ihres geordneten Lebens entrinnen, und ihr Schicksal hatte Gelegenheit ihr etwas zu bringen, das nicht so farblos, so vorläufig war, wie ihr jetziges Leben ihr erschien. Vorläufig, das war es. Seit ihrer Jugend war sie das Gefühl nicht losgeworden, daß alles, was sie erlebte, noch nicht eigentliches Leben war, nicht zählte. Als sie noch ganz jung war, da hatte dieses Gefühl nichts Bitteres gehabt, sie hatte ja Zeit, das ganze Leben, geheimnisvolle Zukunft lagen vor ihr. Jetzt aber, nach einer fünfjährigen Ehe, noch immer zu warten und dabei zu fühlen, daß die Zeit verrinne, das war qualvoll. Ärgerlich war es dabei, daß sie in ihrer Gesellschaft für eine sehr glückliche Frau galt, ihr Glück war fast sprichwörtlich, und ihre Ehe war das Schulbeispiel einer glücklichen Ehe.

Nicky hatte ihre Kindheit und erste Jugend mit ihrer kränklichen Mutter auf Reisen verbracht, den Winter verlebten sie im Süden, im Sommer wurden deutsche Bäder aufgesucht. Sie lebten in kleinen, billigen Pensionen, denn die Mittel waren gering, und es mußte gespart werden. Es schien Nicky, als sei ihre Kindheit und erste Jugend damit vergangen, an einem sonnigen Platz auf einer Bank zu sitzen und auf das Meer und die Berge hinauszustarren oder einer Kurmusik zuzuhören. Ihre Mutter litt an den Nerven und vertrug nicht viel Gesellschaft; fanden sich Bekannte ein, so waren es auch ältliche kränkliche Damen, und es wurde viel von Krankheiten gesprochen. Zuweilen ging ein junger Herr an der Bank vorüber und schaute Nicky bewundernd an. Solch ein Blick war für sie dann das Ereignis des Tages. In den engen Pensionszimmern mußte Nicky an ihren Kleidern bessern, Schnüre an den unteren Saum ihrer Röcke nähen. Ab zu kam eine ältliche Engländerin und gab ihr englischen Unterricht oder eine ältliche Deutsche, die ihr Geschichtsunterricht erteilte. Nicky fühlte wohl, all dieses war noch nicht das Leben, dazu wurde man nicht geboren. Aber sie hatte Zeit und wußte, auch ihre Stunde würde schlagen.

Und ihre Stunde schlug, als der schöne und reiche Baron Oskar von Reichel in das blonde Kind mit den runden, grellblauen Augen, die so seltsam forschend und wartend dreinschauen konnten, sich verliebte. Nickys Mutter starb, und Nicky heiratete den Baron Reichel. Natürlich war das ein Glück. Reichel sah nicht nur stattlich und vornehm aus mit dem gepflegten Vollbart, er war auch vornehm und gütig. Wundervoll verstand er es, seine Häuslichkeit und sein häusliches Leben harmonisch zu ordnen, und in diese harmonische Ordnung wurde auch Nicky eingereiht, sie wurde freundlich zu ihr erzogen. Reichel lächelte über Nickys kindische Ungeschicklichkeiten, über ihr unpraktisches Wesen und ihre ungeordneten Rechnungsbücher. Unermüdlich war er im Erklären und Unterweisen. Er teilte Nicky ihr Leben ein, bestimmte ihre Beschäftigungen während des Vormittags, wenn er im Ministerium arbeitete, am

Nachmittage sorgte er vor allem für Gemütlichkeit, saß im Winter am Kamin mit seiner Zeitung, erzählte und scherzte, abends lasen sie zusammen ein gutes Buch. Ein gutes Buch, das war ein Ausdruck, den Reichel liebte.

Auch für Vergnügungen sorgte er. Zuweilen drohte er mit dem Finger und sagte: »Mein Kätzchen hat heute so leichtsinnige Augen, ich sehe, wir müssen in das Theater gehen.« Oder: »Ich merke es wohl, mein Kätzchen muß jetzt wieder einmal tanzen«, und dann gingen sie in Gesellschaft, und Nicky tanzte. Allein keiner der jungen Herren wagte es, ihr ein wenig den Hof zu machen, denn sie war ja die berühmt glückliche Frau. Nur mit Nickys Umgang war Reichel ein wenig streng. »Es ist Verschwendung«, meinte er, »seine Zeit mit wertlosen Leuten hinzubringen.«

Seine eigene Familie war zahlreich, und jeden Sonntag fand sie sich bei seiner Mutter, der alten Exzellenz, zur Familientafel zusammen. Da war der Schwager Oberstaatsanwalt, da waren die unverheirateten Schwägerinnen, große Mädchen, die Oskars gute, braune Augen und spiegelblanke Haarscheitel hatten. Das Essen war gut und sehr reichlich, die Herren sprachen über Politik, und die Damen hörten ernst zu. Nachmittags saßen die Damen um einen runden Tisch und machten Handarbeit, und die Herren blätterten in illustrierten Zeitschriften. Oskar nannte das einen hübschen Sonntagnachmittag.

Gewiß war das hübsch und gemütlich, aber es schnürte Nicky das Herz zusammen, und immer wieder tauchte in ihr die Frage auf, wird das immer so fortgehen? Ist das alles? Wieder ergriff sie das alte Jugendgefühl des Wartens, des Wartens, sie wußte nicht worauf, nur daß es sie jetzt melancholisch und reizbar machte. Sie empfand dann das Bedürfnis nach einer kleinen häuslichen Aufregung, nach einem Streit, nach einer Szene, sie widersprach ihrem Gatten, sagte etwas, von dem sie wußte, daß er es mißbilligte. Allein sie begegnete immer dem gleichen, nachsichtigen Lächeln, derselben sanften Zurechtweisung. Natürlich hatte er recht, und es ist ja auch nicht schwer, recht zu haben, wenn man immer das sagt, was allgemein als vernünftig bekannt ist.

Zuweilen dachte Nicky daran, daß, wenn sie ein Kind hätte, dieses ihr Leben ausfüllen würde. Es mußte ein wunderbar geheimnisvolles Gefühl sein, ein kleines, lebendes Wesen für sich zu haben, ein Wesen, für das sie sich ganz nah an den Tod heranwagen mußte. Sie sprach einmal mit ihrer Schwiegermutter darüber, die alte Exzellenz wurde sehr ernst und meinte: »Wir müssen uns in Gottes Willen fügen, und du, mein Kind, du hast ja Oskar.« Ja, sie hatte Oskar, Oskar war für sie die Sicherheit und Geborgenheit, wie es ihre schönen Wohnzimmer waren, in denen sie doch so häufig mit unruhigen Schritten auf und ab ging und hinaushorchte, ob nicht ein erregendes Glück draußen vor der Türe stände und gleich den Türknopf der Tür drücken würde, um Einlaß zu begehren.

Der Zug stieg langsam und stampfend eine Anhöhe hinan. Nicky öffnete die Augen. Das Land lag im Abendschein, apfelsinenfarbene Kornfelder, Wiesen, auf denen das Gras wie Bronze glänzte, der Tag war trübe gewesen, jetzt, im Untergehen brach die Sonne durch, stand zwischen den beleuchteten Wolken wie zwischen Goldbarren. Auf den Feldwegen gingen Leute langsam von der Arbeit heimwärts, ihre Sensen funkelten wie Spiegel. Nicky steckte den Kopf zum Fenster hinaus, von den Bergen und vom See her wehte eine kühle Luft herüber. Nicky atmete sie begierig ein, das war die Luft ihrer Freiheit. Als sie im Bergdorfe anlangte, dämmerte es bereits, vor dem kleinen Bauernhause standen die Bäuerin und die Stallmagd und reichten Nicky ihre harten ungelenken Hände. Die weißen Zimmer des Häuschens waren voll starken Heuduftes, Nicky trat auf den Balkon hinaus, saß dort, während Paula, ihr Mädchen, ihr Zimmer ordnete. Wunderbar still war das Tal, nur zuweilen schlug die Glocke einer Kuh an, oder fern in den Bergen rief eine einsame Stimme das Echo an. Die Nacht war schnell hereingebrochen, der Himmel hatte sich bewölkt, ein feiner Regen rieselte nieder, erfüllte die Dunkelheit mit geheimnisvollem Flüstern. Nicky saß still da und atmete diese starke und süße Luft ein; es war ihr, als überflutete eine warme Welle ihr Herz, als sei das Flüstern der Nacht voller Versprechen, sie freute sich, daß sie lebte und daß sie jung war.

Der nächste Tag war hell und heiß. Nicky ging in den Sonnenschein hinaus. Alles im Tal war unverändert; als hätte Nicky sie gestern verlassen, so standen die kleinen Häuser am Rande der fetten Wiesen, die bekannten Bauern machten Heu, Kühe weideten am Wege und schauten Nicky ruhig an, als sei sie ihnen längst nichts Neues mehr. Vor dem Hause von Nickys Bäuerin saß die neunzigjährige Großmutter, als hätte sie seit vorigem Jahr ihren Platz nicht verlassen; die knorrigen Hände im Schoße gefaltet, starrte sie mit den trüben Augen in den Sonnenschein hinaus. Da kam auch der alte Oberst a. D. von Wehlen die Straße herunter, steifbeinig und gerade aufgerichtet, in dem bleichen, runzligen Gesichte saß ein noch schwarzer Schnurrbart. Neben ihm ging seine fünfzehnjährige Tochter Irma her, ein hübsches Kind, das so ausdrucksvoll gelangweilt mit den schlanken Beinen zu schlendern verstand. Der Oberst begrüßte Nicky: »Willkommen, Baronin, in unsrem Dorf, jetzt, denke ich, sind wir alle versammelt. Was gibt es Neues in der Stadt?« Und dann begann er gleich von den ernsten Zeiten zu sprechen: »Sehr kritisch steht es, sehr kritisch, sehr dunkle Wolken am Horizont. Alle sind sie gegen uns, aber wir fürchten uns nicht«, und er richtete sich strammer auf.

»Ach nein«, erwiderte Nicky zerstreut, »ich hoffe, es beruhigt sich wieder alles.« Damit ging sie weiter. Sie war wenige Schritte gegangen, als auch die große Berliner Dame im gelben Morgenkleide vor ihr auftauchte. Sie schoß auf Nicky zu: »Willkommen, Baronin, bringen Sie uns Neues? Welche Zeiten, nicht wahr? Ich habe heute Briefe aus Berlin erhalten«, und sie sprach leise und schnell, Nicky verstand nicht recht, es war vom Kaiser und vom Reichskanzler die Rede. »O wirklich«, meinte Nicky und verließ die aufgeregte Dame. Von weitem grüßte die Klavierlehrerin aus Hannover im kurzen Lodenrock und grünen Hut, die beständig unterwegs war zu einem Berggipfel. Auf einer Bank aber saß der kolossale Baron Potz-Haller mit seinem roten Silengesicht, neben ihm die kleine Frau, die gespannt darauf acht gab, daß die Decke, welche ihr Mann über seine Knie gebreitet hatte, nicht herabglitt. Auch hier mußte Nicky stehenbleiben, der Baron lachte ihr entgegen: »Nun, Baronin, bringen Sie Neuigkeiten? Ich sage, es geht nicht los, was auch geschieht.«

»Ich hoffe auch«, antwortete Nicky, und als sie weiterging, hörte sie den Baron zu seiner Frau sagen: »Eine hübsche Person.« Nicky seufzte. Da waren sie alle wieder, diese bekannten Gestalten, die ihr nichts waren und nichts sagten. Dazu noch diese leidige Politik, die ihr auf das Land nachgekommen war. Schon Oskar hatte in letzter Zeit stets von der Krisis gesprochen, von den Beziehungen zu England, von dem Verhältnis zu Rußland, allein man zog doch nicht auf das Land hinaus, um davon zu hören. Nicky setzte sich auf eine Bank am Rande einer Wiese, neben ihr sprudelte das kleine Bergwasser grün und blank über die Kiesel, vor ihr lag das Gebirge, um diese Stunde ganz von Licht übergossen, hier und da stand ein Wald blank und schwarz, ein warmer, starker Duft stieg von der Wiese auf, und die heiße Luft zitterte und flimmerte, es war, als hätten die Libellen Mühe, in diesem Glanze zu fliegen, und sie hingen in der Luft wie kleine, bunte Striche. Hier wollte Nicky sitzen, ganz stille sitzen und fühlen, wie alles von ihr abfiel, was in der Stadt sie beengte und bedrückte. Das gab es doch, dazu war ja die Natur da. Aber unwillkürlich kehrten ihre Gedanken zu den Zeiten ihrer Kindheit zurück, zu den Tagen, da sie neben ihrer Mutter auf einer Bank saß und die Berge ansah. Das war nun einmal ihr Schicksal, auf einer sonnigen Bank sitzen und Berge ansehen, sonst nichts. Und sie wurde traurig und mutlos, nichts fiel von ihr ab, nichts löste sich in ihr, der Sonnenschein und der starke Duft der Wiese machten sie müde und ein wenig schläfrig. So blieb sie denn aus Trägheit dort sitzen. Endlich raffte sie sich auf und ging langsam nach Hause zu ihrem einsamen Mittagessen.

Nachmittags mußte Paula alle Fenstervorhänge schließen, Nicky legte sich auf das Sofa, ein Buch in der Hand, sie las ein wenig, sie schlummerte oder sie hörte dem Brummen der großen Fliegen zu, die ärgerlich gegen die Vorhänge stießen. Sie erwartete von dem Tage nichts mehr. Gegen Abend wurden die Stimmen der Dorfkinder lauter, und auf dem Wege, der an dem Hause vorüberführte, hörte Nicky jetzt den Ton zahlreicher Schritte. Es war die Stunde, in der alles aus den kleinen Villen hervorkam, Nicky kannte das, sie versprach sich nichts davon, allein mechanisch richtete auch sie sich zum Ausgehen her. Draußen vor dem kleinen Posthause war die Gesellschaft der Sommerfrischler versammelt, ein jeder holte sich seine Post, sie standen auf dem Wege umher, lasen ihre Zeitungen und Briefe und riefen sich die Nachrichten einander zu. Die Berliner Dame redete Nicky sofort an, meinte, die Nachrichten seien sehr ernst, und sie begann wieder ganz schnell und leise vertrauliche Mitteilungen zu machen über den Kaiser und den Reichskanzler. Der alte Oberst stand hochaufgerichtet da und lächelte. »Wir fürchten uns nicht«, sagte er. Der Baron Potz-Haller aber stieß seinen Stock auf die Erde und lachte sein meckerndes Lachen: »Es kommt doch zu nichts.« Nicky ging zu Irma von Wehlen, die nachdenklich abseits stand. Mit dem Kinde brauchte sie nicht von Politik zu sprechen, sie sprach mit Irma von Wiesenblumen. Diese antwortete wohlgezogen, plötzlich errötete sie heiß und sagte erregt: »Da kommt er.«

Eine schmale Männergestalt im weißen Flanellanzuge, den Panama tief in die Stirn gezogen, ging langsam auf das Posthaus zu. »Er trägt immer weißen Flanell«, fuhr Irma leise fort, »und gestern hatte er eine hellblaue Krawatte.«

»Wer ist das?« fragte Nicky. Irma wunderte sich: »Wie, Sie wissen das nicht? Das ist doch Enrico Fanoni, der berühmte Klaviervirtuose. Er wohnt drüben in der kleinen Villa auf der Wiese. Er ist Brasilianer, aber seine Mutter war eine Deutsche, sagt die Berliner Dame, die ihn kennt. Er ist brustleidend und wird wahrscheinlich bald sterben. Vorigen Abend hörte ich ihn in seiner Villa spielen. Wonnig war das.« Enrico Fanoni ging an den Damen vorüber. In seinem schmalen, gelblichen Gesicht fielen die kohlschwarzen Striche der Augenbrauen und die vollen, roten Lippen auf, die Augen hielt er gesenkt. »Ja«, flüsterte Irma, »er geht immer mit gesenkten Augen, aber wenn er sie einmal aufschlägt, ich sage Ihnen, Augen wie Ereignisse.« Nicky lachte: »Also das sind dieses Jahr die Ereignisse unserer Sommerfrische.« Dann verabschiedete sie sich; sie wollte noch einen Gang machen.

Sie ging in den Wald hinaus, sie ging sehr schnell, denn sie fühlte ein Bedürfnis nach starker Bewegung. Schon als Kind, wenn der Tag gar zu ereignislos vergangen war, pflegte sie fünfzigmal um einen Rasen-platz zu laufen, zu laufen bis ihr schwindelte und sie atemlos war. »Dann weiß man doch«, sagte sie, »warum man müde ist.« Unter den großen Tannen war es still und heimlich, allein Nicky fühlte sich dieser Heim-lichkeit nicht zugehörig. Man spricht immer von Natur, dachte sie, aber es gibt doch nichts, das sich weniger um uns bekümmert, als diese so-genannte Natur. Der Wald stand um sie her wie ein Klub, in dem sie nicht aufgenommen war. So mochte sie zwei Stunden gewandert sein, als sie wieder an ihrer Bank am Wiesenrande anlangte. Sie ließ sich dort nieder, lehnte sich behaglich zurück, streckte die Beine von sich. Nach einem langen Gange sich niederzusetzen, ist doch ein kleiner Augenblick wunschlosen Glückes. Hinter den Bergen brannte noch roter Abend-schein, und violette Schatten legten sich über die Bergabhänge. Nicky saß ruhig da und genoß ihre Müdigkeit. Da kamen von der kleinen Villa auf der Wiese Klaviertöne herüber. Das muß der Brasilianer sein, dachte Nicky und horchte auf. Er spielte Chopin, seltsam verhalten und zögernd, als suchte einer in seinem Gedächtnis nach der Erinnerung eines süßen Erlebnisses. Dann spielte er etwas anderes, Nicky wußte nicht was. Es begann mit dem Singen einer sanften Melodie, die allmäh-lich von einer erregten Unruhe der Töne, einem Suchen und Ringen unterging, zuweilen klang es wie Schluchzen, das leise und ergeben verhallte, und plötzlich erwachte im Diskant eine kleine Tanzweise, hüpfend und hart, als drehte ein putziges Äffchen sich unermüdlich um sich selber. Und wieder kam das Suchen und Klagen der Töne und wurde leiser und müder, bis endlich die putzige, kleine Tanzweise einsam und gespenstisch einen Augenblick erklang und erstarb. Die Musik hörte auf, Nicky hatte ein wenig blaß mit weit offenen Augen, einem fast erschrockenen Blick zugehört. Warum spielt er so? dachte sie, was hat er, der Arme? Und sie wartete. In der Villa jedoch blieb es still, die Dämmerung sank herab, ein Stück weißen Mondes hing am Himmel, auf den Wiesen stiegen die Nebel auf. Nicky ging langsam und sinnend nach Hause. Wundervoll muß es sein, dachte sie, solch eine große leidenschaftliche Klage in das Land hinausklingen zu lassen, aber sie, sie war ja nicht einmal unglücklich.

Jetzt gab es für Nicky in den langen, einförmigen Sommertagen eine Stunde, auf die sie warten konnte. Der Morgen, seine Gänge, die Gespräche mit dem Oberst und der Berliner Dame, all das zählte nicht. Am Nachmittage, wenn die Vorhänge geschlossen waren und Nicky auf dem Sofa lag, dann kam eine leise Vorfreude. Endlich kam der Abend, der lange, schnelle Gang durch den Wald und das Sitzen auf der Wiesenbank, um die Musik in der Villa zu hören. Musik hatte auf Nicky immer stark gewirkt. Oft hatte ihre Mutter es ihr streng verwiesen, wenn sie in Konzerten oder Opern geweint hatte, allein diese Musik hier war etwas andres, es schien ihr, als würde ihr hier etwas Wunderbares und Geheimnisvolles mitgeteilt, etwas Schönes und Verbotenes. Dazu hatte diese Musik die Macht, alles um sie her zu verwandeln, die Berge, das Abendrot, die Wiesen, alles wurde geheimnisvoll und bedeutungsvoll, ja Nicky selbst wurde geheimnisvoll und bedeutungsvoll, und das war für sie ein neues und köstliches Gefühl.

Zuweilen begegnete ihr Fanoni am Vormittage, wenn er zur Post ging. Er grüßte sie jetzt, zog seinen Panama und schlug die Augen auf, aurikelbraune Augen, die sehr blank und ernst waren. Nicky erwiderte den Gruß mit einem zurückhaltenden Kopfnicken. Nein, sie wollte ihn nicht kennen, sie wollte seine Musik, ihn überließ sie der kleinen Irma. Und doch, wenn abends drüben in der Villa die Musik schwieg, dann blieb Nicky noch lange auf der Bank sitzen und horchte in die Dämmerung hinein, ob nicht drüben eine Tür ginge.

Und eines Abends öffnete sich wirklich die Tür der Villa, und Enrico Fanoni trat heraus. Er hatte einen blauen Radmantel um seinen weißen Flanellanzug geschlungen und ging mit langen, gleitenden Schritten auf Nicky zu. Vor ihr blieb er stehen und verbeugte sich. Er trug keinen Hut, eine Strähne seines schlichten, schwarzen Haares fiel ihm in die Stirne.

»Ich bitte um Entschuldigung, Frau Baronin, wenn ich es wage, Sie zu stören und mich vorzustellen«, begann er in ganz reinem Deutsch, das nur durch einen gutturalen Klang etwas Fremdländisches erhielt. »Aber ich bemerke seit einigen Abenden, daß ich die Ehre habe, Sie, Frau Baronin, zu meinen Zuhörerinnen zählen zu dürfen.« Nicky errötete, sie hatte noch das heiße Erröten halbgewachsener Mädchen. »Ich muß mich wohl entschuldigen«, sagte sie, »es stört Sie vielleicht, wenn immer hier jemand sitzt und Ihnen zuhört. Aber es ist mir ein so großer Genuß.«

»Sie gestatten«, meinte Fanoni und setzte sich auf die Bank. Er sann einen Augenblick vor sich hin und sagte dann langsam: »Nein, gnädige Frau, Sie stören mich nicht, Sie nicht. Es tut mir wohl, mit meiner Musik zu jemand sprechen zu dürfen, der, wie soll ich sagen, meiner Musik befreundet ist, denn das fühle ich sogleich.«

»Wie mich das freut«, versetzte Nicky. Fanoni hatte seine lange, schmale Hand, die blank von Ringen war, flach auf sein Knie gelegt, jetzt hob er sie ein wenig und ließ sie wieder mit einer müden Bewegung fallen. »Ach Gott«, meinte er, »Musik ist ja die indiskreteste aller Künste, wir sagen in ihr die letzten Dinge unsrer Seele heraus, wir können nicht anders, und jeder Vorübergehende, jeder Gleichgültige, jeder, der seinen Platz bezahlt, hört uns. Das ist nun einmal nicht anders, und mein einziger Trost ist, daß die wenigsten, die allerwenigsten diese Sprache verstehen. Wenn ich im Konzertsaale sitze, so weiß ich, daß für die meisten meiner Zuhörer die Musik nichts bedeutet. Für andere ist sie ein Mittel, sich einen angenehmen Schwindel zu schaffen, für andere wieder ist sie die Begleitung ihrer kleinen Sentimentalitäten, und so fühle ich mich denn im Konzertsaal mit meiner Musik allein, und das ist gut so. Einige wenige gibt es, die mich verstehen, und zu denen mit meiner Musik zu sprechen, ist ein Glück. Es gibt aber auch Menschen, die meiner Musik feindlich sind. Vor solchen zu spielen tut weh, es ist mir dann, als müßte ich meine letzten Geheimnisse einem Feinde anvertrauen.«

»Wie interessant«, sagte Nicky. »Aber ein großer Künstler braucht doch ein Publikum.« Sie errötete wieder, denn es mißfiel ihr, was sie gesagt hatte. Fanoni lachte: »Ja, wir Musiker sind Ungeheuer, wir reisen umher und lassen unsere Seele für Geld sehen.«

»Sie sind wohl viel umhergereist«, sagte Nicky. »Ja, viel«, bestätigte Fanoni. »Ich habe mich von Impresarios durch ganz Europa und Amerika schleppen lassen, das macht ein wenig müde. Aber dies beständige Sehen von fremden Städten und Ländern, die uns nichts angehen, von fremdem Leben und fremden Menschen, die uns gleichgültig sind, hat das Gute, daß all das von uns abrückt, unwirklich wird wie die Bilder einer *Laterna magica*, und wir bleiben dann einsam mit unsrer eigenen Wirklichkeit, und das ist gut.«

Fanoni fröstelte ein wenig und hüllte sich fester in seinen Mantel. »Sie sind sehr einsam?« fragte Nicky und erschrak dann selbst über ihre Frage. Fanoni jedoch wunderte sich nicht darüber. »Ja«, sagte er, »das bin ich immer, und hier gibt es Tage, an denen ich höchstens einige Worte mit meinem Diener wechsle. Das ist erholend.«

»Sie haben gewiß Heimweh nach Ihrer schönen Heimat«, meinte Nicky. »Ach nein«, erwiderte Fanoni, »dort ist zu viel Licht, zu viel Farbe, dort ist es heiß«, dabei kniff er die Augenlider zusammen, als täte der Gedanke an diese Helligkeit und diese Farben seinen Augen weh, »hier gibt es Kühlung und sanfte Farben.«

»Ihre Mutter war eine Deutsche, nicht wahr«, sagte Nicky, »deshalb tut das deutsche Land Ihnen vielleicht gut.«

»Meine Mutter war eine Deutsche«, wiederholte Fanoni nachdenklich, »sie sprach mit mir deutsch, sang mir deutsche Lieder vor und erzählte mir deutsche Märchen. Das Land dort war für sie auch zu grell, zu gewaltsam, es machte sie krank, es hat sie getötet.« Beide schwiegen eine Weile und schauten zu, wie der Nebel in weißen Wolken den Bergabhang hinabzog. Plötzlich begann Fanoni zu husten, krampfhaft wurde sein ganzer Körper geschüttelt, rote Flecken zeigten sich auf seinen Wangen, und seine Augen füllten sich mit Tränen.

»Sie müssen in das Haus gehen«, rief Nicky erschrocken, »hier ist es feucht, das tut Ihnen nicht gut.« Fanoni rang nach Atem. »O, es ist nichts«, sagte er mühsam, »es kommt zuweilen so.« Er versuchte zu lächeln und schaute Nicky mit einem seltsam hilflosen Blicke an. Aber Nicky wurde besorgt und mütterlich: »Nein, nein, Sie müssen in das Haus gehen, Sie müssen einen warmen Tee trinken, das müssen Sie mir versprechen, diese Abendnebel sind nichts für Sie.« – »Nun, dann will ich also gehen«, sagte Fanoni und erhob sich, »ich danke Ihnen, Frau Baronin, für Ihre Besorgnis und für diese Stunde, ich habe mehr gesprochen als sonst in einem Monat, aber das kommt so zuweilen über uns, wie über die Sträflinge im Zuchthause, die nicht sprechen dürfen. Gute Nacht.« Er verbeugte sich und ging wieder mit den langen, gleitenden Schritten seiner Villa zu.

Als Nicky zu Hause schweigend bei ihrer Abendmahlzeit saß, dachte sie noch an Fanoni: Welch ein seltsamer Mensch, wie langsam und sorgsam er sprach, als läse er aus einem Buche vor, und wie hochmütig alles klang, was er sagte, vielleicht war es lächerlich, daß ein Herr bei der ersten Bekanntschaft so ohne weiteres von seiner Seele sprach, wie andere Herren von ihrem Klub. Und doch war in Fanoni etwas, das Nicky ergriff, sie hätte vor Mitleid weinen mögen, wenn sie an den hilflosen Blick dachte, den er auf sie geworfen hatte, als der Hustenanfall ihn schüttelte. Als Nicky ihre Blicke zerstreut auf Paula ruhen ließ, die still ab und zu ging, bemerkte sie, daß Paula geweint hatte. »Warum haben Sie geweint?« fragte Nicky.

»Es ist nichts«, antwortete Paula; »der Franz wollte Sonntags herauskommen, nun schreibt er, daß er nicht kommt, weil es doch Krieg geben wird.« Nicky zog die Augenbrauen empor und sagte ungeduldig: »Warum soll es denn Krieg geben?« – »Sie sagen so«, meinte Paula. »Das sagen sie immer«, versetzte Nicky; »jeden Sonntag fragt die Exzellenz den Baron Oskar, gibt es Krieg? und der Baron zuckt dann die Achseln und sagt: man kann nicht wissen.« – »Ja, ich weiß es ja nicht«, erwiderte Paula mürrisch.

Nicky kehrte wieder zu ihren Gedanken zurück. Wie hatte Fanoni gesagt? Das gleichgültige Leben und die gleichgültigen Menschen rücken von mir ab, sie werden wie Bilder einer *Laterna magica*. Das war hübsch, und Nicky war stolz darauf, daß sie diesen Gedanken so gut nachfühlen konnte. Die Menschen hier, der Oberst mit seinen kritischen Zeiten, die Berliner Dame, der Baron Potz-Haller, die waren solche vorübergehende Bilder. Dann dachte Nicky daran, ob Oskar Fanoni einen wertvollen Menschen nennen würde. Nein, er würde ihn nicht verstehen, und die Schwiegermutter und die Schwägerinnen auch nicht. Sie, Nicky, verstand ihn, und ein angenehmes Hochmutsgefühl erwärmte ihr Herz.

All dies jedoch erregte sie so sehr, daß sie diese Nacht wenig schlief. Während des nächsten Tages bemühte sich Nicky, wenig an Fanoni zu denken, sie fand es beschämend, daß eine Begegnung so stark auf sie wirken sollte, dennoch war der ganze Tag nur eine Vorbereitung auf den Abend. Als Nicky aber endlich auf der Wiesenbank saß, wurde sie enttäuscht, in der Villa ließ sich für kurze Zeit die Musik vernehmen, eine seltsam zerrissene, unklare Musik, dann wurde es still, und Fanoni kam nicht. Es ist vielleicht sein feiner Takt, dachte sie, oder er ist krank, und sie begann sich um ihn zu sorgen, sie konnte es jedoch nicht verhindern, daß diese Enttäuschung sie tief verstimmte. Als sie in ihrem Bette lag und mit weit offnen Augen in die Finsternis starrte, wurde sie ganz mutlos. Also auch das war nichts gewesen, eine flüchtige Unterhaltung mit einem fremden Herrn, sonst nichts.

Der Morgen war schwül, Nicky vermied die Gesellschaft vor dem Posthause und flüchtete in den Wald. Sie ging die kleinen Waldwege entlang, wie grüne, heiße Wände, die stark duften, standen die Tannen um sie her, die Gewitterluft machte die Glieder träge. Als Nicky um eine Ecke bog, stand sie vor einer kleinen, runden Waldwiese, und mitten auf der Waldwiese lag Fanoni lang hingestreckt auf seinem blauen Mantel. Nicky errötete, und sie wunderte sich selbst darüber, daß diese Begegnung sie so stark erfreute.

Fanoni hatte wohl Schritte gehört, er richtete sich auf, lächelte und sagte: »Eine weiße Erscheinung am Waldrande.« Dann sprang er auf und ging Nicky entgegen. Sie sah es seinem Gesichte an, daß auch er sich freute. »Natürlich mußten Sie kommen«, sagte er.

»Ich mußte kommen?« fragte Nicky erstaunt.

»Ja«, fuhr Fanoni fort, »ich habe so stark an Sie gedacht, ich habe Sie so deutlich gesehen, daß ich wußte, Sie würden kommen. Haben Sie das nicht gespürt?«

»Ich hatte nichts gespürt«, versetzte Nicky abweisend; sie fand, er nahm doch zu selbstverständlich von ihr Besitz.

»Und doch sind Sie gezogen worden«, behauptete Fanoni.

»Ich will gar nicht gezogen werden«, meinte Nicky ein wenig gereizt.

»Wir werden alle gezogen«, sagte Fanoni heiter, »und jetzt müssen Sie sich hersetzen«, und er breitete seinen Mantel vor ihr aus. Nicky zögerte. War es doch nicht vielleicht unschicklich, hier in der Einsamkeit bei dem fremden Herrn zu sitzen? Fanoni aber schaute sie so erwartungsvoll an, daß sie etwas befangen sich setzte. »So, so«, murmelte Fanoni und streckte sich wieder auf den Rasen hin. Er stützte den Kopf mit der Hand und schaute Nicky ruhig an, dabei trug sein Gesicht heute einen jugendlichen, fast knabenhaften Ausdruck.

»Nicht wahr, hier ist es gut«, begann er, »ich komme hierher, um mich zu wärmen. Die Wärme hier auf diesem Fleck ist mild und durchdringend, sie geht ins Blut wie alter Wein.« Nicky wollte etwas sagen, Fanoni jedoch legte seinen Finger auf die Lippen und sagte: »Still, hören Sie?« Beide schwiegen und lauschten dem Klingen und Summen der Mittagstunde. »Nicht wahr, schön?« bemerkte Fanoni endlich; »das Singen der Stille, wunderbar ist es, wie alle diese kleinen Tiere in der Luft ein jedes seine eigene Saite anklingen läßt, und das gibt dann zusammen eine herrlich beruhigende Musik. Solche Musik können wir nicht machen, wir sind zu zerfahren. Und dann habe ich auch all die kleinen, grauen Motten und blauen und braunen Schmetterlinge gern, sie sind so rücksichtsvoll lautlos, sie setzen sich ganz still auf einen Halm und zeigen ihre Flügel. Ja, schön, schön«, wiederholte er, legte seinen Kopf in das Gras zurück und schaute zum Himmel auf.

»Ich fürchtete schon, Sie seien nicht wohl«, sagte Nicky, »und der feuchte Abend damals hätte Ihnen geschadet.« – »Ich kam gestern nicht zu Ihnen, weil es Stimmungen gibt, in denen man sich ebenso wenig zeigen darf wie in schlechten Kleidern. Haben Sie das nicht meiner Musik angehört?«

»Ja, ich glaube«, antwortete Nicky zögernd, »ich habe diese Musik nicht ganz verstanden, ich wollte Sie noch fragen.« Fanoni verzog sein Gesicht, als schmerzte es ihn. »Nein, bitte, fragen Sie nicht«, sagte er. »Über Musik soll man nicht sprechen. Die Sprache und die Musik sind Feindinnen. Die Sprache ist dazu da, damit die Leute einander mißverstehn. Was wir aussprechen, wird grau und kalt.« Nicky senkte den Kopf. Diese Zurechtweisung verletzte sie. Fanoni jedoch schien das nicht zu bemerken. »Übrigens«, fuhr er fort, »gleich am ersten Tage, als ich Sie mit den Herren und Damen vor dem Posthause sprechen sah, wußte ich, Sie gehören nicht zu jenen, Sie haben keine Verbindung mit ihnen, Sie stehen ihnen ganz fern, ganz abseits, Sie sind auch einsam.«

»Ja, vielleicht bin ich einsam«, erwiderte Nicky und errötete. Es schmeichelte ihr, daß sie einsam sein sollte. Ehrlich jedoch fügte sie hinzu: »Immerhin habe ich einen guten Mann und liebe Verwandte.« – »Wer hat nicht liebe Verwandte«, unterbrach Fanoni sie ungeduldig. »Sprechen wir nicht von denen. Für mich sind Sie die weiße Erscheinung am Waldrande, etwas Wohltuendes, von dem ich nicht weiß, von wo es kommt. Sie sind etwas geheimnisvoll Geschenktes, wie eine Melodie, die uns einfällt.« Erschrocken blickte Nicky auf, so hatte noch niemand zu ihr gesprochen. Dann lachte sie: »Ach, Herr Fanoni, wer von uns fällt so vom Himmel, wie – wie –«

»Wie ein Stern«, ergänzte Fanoni. »Doch, das gibt es. Das wäre traurig, wenn es das nicht gäbe. Wollen Sie ein Märchen hören, das ich mir oft von meiner Mutter erzählen ließ?« Und, ohne die Antwort abzuwarten, begann er, immer noch zum Himmel emporsehend und langsam zum Himmel hinaufsprechend: »Es handelt sich, wie in vielen Märchen, auch hier um einen Prinzen, der manches Abenteuer erlebt. Natürlich erleidet er auch Schiffbruch und rettet sich an die Ufer der Insel der Puppen. Es erweist sich, daß diese Insel eine sehr schöne und angenehme Insel ist. Sie wird von großen Puppen bewohnt, und diese Puppen gehen und stehen, sitzen und liegen, wie es die Menschen tun. Sie sprechen, lachen und singen, sie streiten miteinander und lieben sich untereinander. Zuweilen werden kleine Puppen geboren, und zuweilen stirbt eine Puppe; dann weinen die andern Puppen ihr Puppentränen nach. Die Insel hat ihre Gesetze und ihre gesellschaftlichen Einrichtungen, sie hat ihre Städte und Dörfer – kurz, sie ist ein wohleingerichteter Staat. Der Prinz wurde hier freundlich aufgenommen, man lud ihn in die Gesellschaften, ja, er wurde ein wenig verwöhnt, Puppenmädchen verliebten sich in ihn. Das alles gefiel dem Prinzen sehr gut, ein schöneres Leben, meinte er, könne es nicht geben, und er beschloß, ganz bei den Puppen zu bleiben. Eine Weile ging es auch gut, allein mit der Zeit ergriff ihn eine seltsame Traurigkeit. Die Puppen um ihn her verloren für ihn an Leben und an Interesse. Was sie sagten und trieben, erschien ihm plötzlich fremd, unverständlich und kindisch. Was gingen ihn diese Puppen an? dachte er oft. Eines aber wurde ihm immer mehr zur Qual: wenn die Puppen sprachen, lachten und sangen, dann klang das wie menschliches Sprechen, Lachen und Singen, nur daß ein ganz leises metallisches Knarren sich hineinmischte. Dieses rührte von dem Uhrwerk her, das die Puppen als Seele im Leibe trugen. Anfangs hatte der Prinz diesen Ton überhört, je länger er aber auf der Insel wohnte, um so deutlicher vernahm er ihn, aus jedem Worte hörte er endlich nur noch das metallische Knarren heraus. Das wurde ihm schließlich zu einer furchtbaren Pein, er wollte keinen Puppenton mehr hören und floh in den Wald, um ganz allein zu sein. Dort lebte er einige Zeit, und die

Einsamkeit tat ihm wohl, er genoß es unendlich, keinen Puppenlaut mehr zu hören.

Als er eines Tages auf einer Wiese lag und träumte, da hörte er in seiner Nähe Gesang. Eine weibliche Stimme sang ein einfaches Lied. Erschrocken fuhr der Prinz auf und lauschte. Jetzt, sagte er sich, jetzt wird gleich das metallische Knarren kommen! Allein es kam nicht. Frei und lebendig rief die Stimme ihre Töne in den Wald hinein. Der Prinz folgte dem Tone, und bald sah er ein schönes Mädchen auf einem Steine sitzen, es faltete die Hände im Schoß und sang. Behutsam schlich der Prinz heran, und als das Mädchen schwieg, trat er vor und sagte: ›Mädchen, wie singst du!‹ Das Mädchen erschrak und erwiderte: ›Verzeiht, Herr, ich wußte nicht, daß Ihr in der Nähe seid.‹ Der Prinz aber wiederholte leidenschaftlich: ›Das ist nicht die Stimme einer Puppe.‹ Traurig schüttelte das Mädchen den Kopf: ›Nein, sagte sie, ich bin keine Puppe, ich weiß nicht, wie ich als Kind hierher gekommen bin; eine gute Puppe nahm sich meiner an. So lebe ich denn hier. O, sie sind alle freundlich und gütig zu mir, doch zuweilen ergreift mich eine solche Angst vor ihnen, daß ich mich hier im Walde verstecken muß, um mit mir allein zu sein.‹ Entzückt lauschte der Prinz der lebendigen Stimme, und als das Mädchen schwieg, bat er: ›Sprich weiter.‹ Und das Mädchen lächelte und sagte: ›Du bist auch keine Puppe, ich höre es an deiner Stimme.‹ – ›Nein‹, erwiderte der Prinz, ›ich bin vor ihnen geflohen, ich konnte das Geknarr ihrer Stimmen nicht hören, ich wollte allein sein.‹ – So blieben sie zusammen und führten ein seliges Leben. Zuweilen stiegen sie zu den Puppen hinab und sahen sich lächelnd das putzige Treiben an. Wenn sie aber wieder in ihrer Einsamkeit waren, dann freuten sie sich, daß sie mit jener Welt nichts mehr zu tun hatten.«

Fanoni schwieg. Nicky schaute nachdenklich über die Wiese hin, sie wußte nicht recht, was sie sagen sollte. Es schien ihr, als müßte sie etwas Abwehrendes sagen, er kam ihr mit seinem Märchen so nah, allein, es fiel ihr nichts Rechtes ein. Daher wurde sie befangen. Sie stand auf und sagte: »Ich glaube, es ist schon spät.« Auch Fanoni war aufgesprungen, er lächelte, als erriete er, was in ihr vorging. »Ja, es ist spät«, meinte er, »und Sie wollen nach Hause. Ich danke Ihnen, daß Sie mir so geduldig zugehört haben. Auf Wiedersehen!« Dann trennten sie sich.

Am Nachmittage ging ein schweres Gewitter über das Tal hin. Nicky saß in ihrem dämmerigen Zimmer, lauschte dem Grollen des Donners und sah den Blitzen zu, wie sie immer wieder das Zimmer mit zitterndem, bläulichem Licht erfüllten. Ihr war seltsam traumhaft und feierlich zumute. Wo war die dumme, kleine Nicky hin, die Oskar und die Schwägerinnen nachsichtig belächelten, Nicky, die sich immer langweilte und nichts verstand! Jetzt war etwas Geheimnisvolles und Kostbares in ihr, das ein großer Künstler bewunderte. Diese neue Nicky beglückte sie und verwirrte sie doch zu gleicher Zeit, sie war unsicher, wie die neue Nicky sich benehmen sollte. So still im dämmerigen Zimmer zu sitzen, der tiefen Stimme des Donners zuzuhören und sich von den eiligen Lichtern der Blitze übergießen zu lassen, das war gewiß richtig, das paßte zu dem Ausnahmewesen, das sie jetzt war. Der Abend wurde wieder klar. Die Luft war bewegt und kühl und ganz voll von den aufgewirbelten Düften der Wälder und Wiesen. Nicky ging zur Wiesenbank, über die nassen Wege, die im Abendschein ganz golden wurden. Auf die nasse Bank breitete sie sorgsam ihren Plaid aus, damit Fanoni sich nicht erkälte, wenn er käme. Dann wartete sie. In der Villa wurde gespielt, leise und sehnsüchtig. Plötzlich brach die Musik ab, und Fanoni erschien unten. Er hüllte sich fest in seinen Mantel und hatte den Hut tief in die Stirn gezogen. Er sah bleich und müde aus. »Ich hätte nicht kommen sollen«, sagte er, »ein Gewitter quält meine Nerven immer, und dann bin ich nicht unterhaltend und zu wenig zu brauchen. Aber die Sehnsucht war zu groß, hier still neben Ihnen zu sitzen, ich dachte, das würde mir wohltun. Darf ich das?«

»O gewiß«, erwiderte Nicky, »setzen Sie sich nur.« Und sie fragte ihn teilnehmend, ob er leide. Er winkte nur müde mit der Hand ab, und da er schwieg, begann sie eine Unterhaltung, das erste beste, das ihr in den Sinn kam: »Man hört jetzt so viel von Politik, die Zeiten sollen ernst sein, man sagt, es wird Krieg geben. Wie denken Sie darüber?«

Fanoni zog seine Augenbrauen in die Höhe. »Ich? O, ich denke gar nichts darüber. Möglich, daß sie Krieg führen. Sie führen immer Krieg, bald, weil der eine mehr verkauft als der andre, oder weil der eine mehr Schiffe hat als der andre, was weiß ich. Ich bin in diesen Dingen ganz ferngerückt, meinetwegen können sie tun, was ihnen beliebt.«

»Aber ein Krieg ist doch etwas Schreckliches«, warf Nicky ein. »Das Leben ist immer schrecklich«, erwiderte Fanoni, »wenn wir uns zu nahe mit ihm einlassen.«

»Und das Vaterland ...«, versetzte Nicky unsicher. Fanoni zuckte die Achseln. »Ich habe kein Vaterland. Mein Herz ist auch zu eng, um ganze Länder zu lieben. Ich liebe die Wiese, auf der wir heute waren, ich liebe diese Bank hier. Mein Herz ist auch zu eng, um Millionen zu lieben. Ich liebe immer nur einen Menschen, und dazu brauchen wir schon unsere ganze Kraft. Über Patriotismus – ich glaube, auf der Puppeninsel war man sehr patriotisch.«

Nicky wurde ernst. »Ich habe über Ihr Märchen nachgedacht«, sagte sie. »Ich weiß nicht, ob es mir gefällt. Es klingt so hochmütig.«

»Hochmütig, ja, das sind wir.« – »Wir? – »Ja, Sie auch«, fuhr er fort, »Sie müssen es sein. Aber ich sehe, was ich heute auch sage, es ärgert Sie. Es ist wohl besser, ich gehe. Nur eine Bitte habe ich noch.«

»O sagen Sie«, versetzte Nicky freundlich. »Mein größter Wunsch ist«, sagte Fanoni, »an einem hellen Tage mit Ihnen über Land zu gehn. Berge kann ich nicht steigen, aber wir würden durch fremde Täler gehn, und durch Wälder, und würden in fremden kleinen Wirtshäusern essen, alles wäre fremd um uns, nur wir wären einander bekannt, und wir wären ganz weit von den andern.« Nicky zögerte mit der Antwort, da machte er ein enttäuschtes Gesicht. »Ich sehe schon, es geht nicht. Sie fürchten, die Puppen hier würden das nicht schicklich finden.«

»O das ist es nicht«, rief Nicky, »um die kümmre ich mich nicht. Gewiß gehen wir, das kann sehr hübsch werden.« Und als sie das sagte, hatte sie ein schlechtes Gewissen. Fanoni aber lächelte ein glückliches Knabenlächeln. »Dann ist es gut«, rief er, »das wird mein Trost in der schlaflosen Nacht sein.« Er grüßte und lief seiner Villa zu.

Der Tag war warm. Nicky und Enrico Fanoni wanderten eine Strecke die Landstraße entlang. Die Sonne brannte unerbittlich hernieder, so daß beide schweigsam und ein wenig mühsam nebeneinander hergingen. Erst im Walde lebte Fanoni auf, hier war es kühl und still. Sonnenstrahlen schlüpften durch die Tannenzweige und warfen goldne Flecken auf das Moos. Fanoni nahm seinen Hut ab und lächelte, ein Ausdruck knabenhafter Ausgelassenheit verjüngte sein Gesicht. »Gut ist's hier«, sagte er, »vornehm, durchaus gute Gesellschaft; es gibt doch nichts Rücksichtsvolleres, als einen Baum!« Und er strich mit der Hand über den Stamm einer alten Tanne. »Kühl und gütig, das ist es.«

»Ja, es ist schön«, meinte Nicky. »Aber so wirklich vertraut bin ich nie mit dem Walde geworden, für mich war der Wald immer nur der Ort für eine Promenade.«

»Das ist nicht recht«, versetzte Fanoni, »mit dem Walde muß man gut stehn.« Während sie auf dem engen Waldpfad nah beieinander weitergingen, war Fanoni aufmerksam auf alles, was ihnen begegnete. Er beugte sich über eine Blume, um ihr in den Kelch zu sehen, er schaute zu den Wipfeln einer Tanne auf, um eine Eichkatze zu betrachten, er lachte laut über einen großen roten Pilz, der sich im Moose breitmachte. »Die Pilze«, sagte er, »sind die Witze des Waldes, ich kann immer über sie lachen! Wie dieser sich da bläht und mit seiner häßlichen roten Farbe protzt, köstlich!«

»Aber die Wälder in Ihrer Heimat«, fragte Nicky, »sind die nicht noch anders schön?« Fanoni verzog das Gesicht. »Nein, die sind keine gute Gesellschaft, alles zu groß, zu üppig, zu eng beieinander, eines steigt dem andern auf den Kopf, dazu duftet alles so aufdringlich; und diese Vögel, bunt wie schlecht angezogne Mädchen in einer Provinzstadt – nein, dieses hier ist mir lieber. Aber da sind ja die guten kleinen gelben Schwämme«, rief er, »die müssen wir haben.« Und er zog ein Tuch aus der Tasche und begann eifrig, die Schwämme zu pflücken und in das Tuch zu legen. Nicky schaute ihm eine Weile lächelnd zu, und dann sammelte auch sie die Schwämme.

»So«, meinte Fanoni endlich und richtete sich auf, rot im Gesicht und ein wenig außer Atem. »Jetzt dürften wir uns erholen. Hier sind gerade die schönen Baumstöcke, setzen wir uns.« Sie setzten sich, und Fanoni versank in tiefe Gedanken. Nicky aber ging es durch den Sinn. Wie unwahrscheinlich ist das alles, wie weit fort bin ich von meinem gewohnten Leben! Es würde mich nicht wundern, wenn ich jetzt plötzlich aufwachen würde in meinem Schlafzimmer drüben in der Stadt. »Ja, so wird es am besten sein«, begann Fanoni plötzlich, »wir lassen uns die Pilze gleich im nächsten Gasthause zubereiten. Ich will die Sache schon überwachen, frisch schmecken sie am besten.«

»Haben Sie darüber die ganze Zeit nachgedacht?« fragte Nicky verwundert. »Gewiß«, erwiderte Fanoni. »Ich denke gerne über Speisen nach. Natürlich gibt es gleichgültige Speisen, aber eigentlich muß jede Speise ihre Stimmung haben. Unsre Zunge ist sehr empfänglich für Stimmungen So denke ich lange schon über die Herstellung einer Speise nach. Sie muß eine Art Creme sein, muß weiß sein und muß schmecken wie der Duft blühender Bohnenfelder. Aber wenn es Ihnen recht ist, gehen wir weiter.«

Der Wald hörte plötzlich auf. Ein schmales Tal lag da, voller Sonnenschein. An einem grünen Bergbach kleine Häuser, deren Dächer wie Silber schimmerten. Die Dorfstraße war still, einige Hunde trieben sich dort herum, müde von der Hitze. Frauen standen vor den Haustüren und schauten feiernd die Straße hinab. Irgendwo erklang der Ton einer Fiedel, eifrig und schnarrend wiederholte sie dieselben Walzertakte. »Das sieht nach Sonntag aus«, sagte Fanoni. »Ja, Sonntag«, bestätigte Nicky. »Den Sonntag«, fuhr Fanoni fort, »lese ich den Leuten vom Gesichte ab. Am Vormittage sehen sie aus, als erwarteten sie etwas Schönes, und am Abend sehen sie aus, als seien sie enttäuscht worden.« Nicky seufzte: »Ach ja, die Sonntagabende waren traurig. An Sonntagabenden hatte ich immer das Gefühl, als hätte ich etwas versäumt.«

Fanoni zuckte die Achseln: »Auch solch eine unnütze Traurigkeit, die in das Leben gebracht ist. Ich erinnere mich eines Sonntagnachmittags in Wien. Ich schaute zu meinem Fenster hinaus. Die Straße war leer, nur an der Ecke stand ein kleines Dienstmädchen, sehr geputzt, den Hut voller Rosen. Es stand und sah die Straße hinunter, ging dann einige Schritt auf und ab und stand wieder, es wartete auf ihn. Ich beobachtete das Mädchen und begann auch auf ihn zu warten, ich wurde wütend, weil er nicht kam. Endlich verließ ich das Fenster und ging meinen Beschäftigungen nach. Als ich nach längerer Zeit wieder hinausschaute, war das kleine Dienstmädchen noch immer da. Noch immer ging es einige Schritt auf und ab und blieb dann an der Ecke stehen, um die Straße hinabzuschauen, nur daß die Schritte langsamer und müder schienen. Ich haßte den Menschen, der das arme Mädchen im Stich gelassen hatte, ich hätte ihn erwürgen mögen. Endlich begann das Mädchen zögernd die Straße hinabzugehen, zuweilen schaute es noch zurück und verschwand dann. Jetzt schleicht das arme Ding in seine kleine Dienstbotenkammer, dachte ich mir, und legt die Sonntagskleider ab und weint in der Dämmerung. Das ist für mich tragischer als der Tod der Maria Stuart.«

»Und Sie behaupten, Sie seien nicht mitleidig?« sagte Nicky. »Ich bin nicht mitleidig«, meinte Fanoni. »Mitleid bringt uns die Menschen zu nah. Aber es läuft so viel Traurigkeit in der Welt umher, daß sie uns unversehens überrennt.«

Am Ende der Dorfstraße lag das Wirtshaus. Im Garten saßen die Männer und tranken, in einer offnen Halle wurde getanzt. »Sie tun hier, was sie können, aber was hilft es, heute abend werden sie doch enttäuscht sein.« An der Rückseite des Hauses war es ruhig, eine Bohnenlaube stand da, und hier beschloß Fanoni sich niederzulassen. Eine dicke Kellnerin, ganz heiß vom Tanze, mit feuchten Stirnlöckchen, kam herbeigelaufen, um die Herrschaften zu bedienen. Fanoni bestellte das Essen, erklärte die Zubereitung der Pilze und ging dann selbst in die Küche, um mit der Wirtin zu sprechen. Nicky war müde vom Gang. Grell schien die Sonne vor ihr auf den Kies, einige Hühner gingen ab und zu und stießen den kleinen ergebenen Klagelaut aus, der alten Hennen eigen ist. Nicky schloß die Augen, aber sofort stieg das Bild der sonntäglichen Tafel bei der Schwiegermutter auf: die glatten Scheitel der Schwägerinnen, das geduldige Gesicht des alten Jakob, der den großen Kalbsbraten herumreicht nein, das wollte sie nicht, das nicht! Wie fern hatte sie sich schon von dieser Welt geglaubt. Sie dachte an Fanoni, an seine knabenhafte Fröhlichkeit im Walde, an all das Hübsche, das er sagte und dachte, und sie wünschte, er wäre wieder bei ihr. Endlich kam er. Fröhlich rieb er sich die Hände: »Ich glaube, es wird gut«, meinte er. Nicky lächelte: »Sie freuen sich?«

»Ja, ich freue mich«, gestand Fanoni, »freuen Sie sich nicht? Ich glaube, Sie nehmen das Essen nicht ernst genug. Vorhin wunderten Sie sich, daß ich über die Schwämme nachdachte. Denken Sie nie über das Essen nach?«

»Doch«, erwiderte Nicky, »zu Hause denke ich täglich darüber nach und berate mich mit der Köchin darüber. Allerdings werden meine Vorschläge meist verworfen.«

»O, das ist anders«, rief Fanoni. »Über den Familientisch nachzudenken, muß kein Vergnügen sein. Wie sagt man doch: ein guter bürgerlicher Tisch. Das klingt schon so uninteressant.« Die Speisen kamen, und Fanoni war zufrieden. Er aß mit Appetit, war sehr heiter, sie lachten über kleine, geringfügige Dinge: über die traurigen Gesichter der Hennen und die Stirnlöckchen der Kellnerin, und als die Mahlzeit beendet war, bestimmte Fanoni. »Jetzt tanzen wir.« – »Tanzen?«

»Ja, ich muß mit Ihnen tanzen«, erklärte er. »Wenn man sich ganz kennenlernen will, muß man miteinander getanzt haben.«

Sie gingen zur Tanzhalle hinüber. Diese war gedrängt voll. Das Aufschlagen der Nägelschuhe übertönte fast die dünne Stimme der Geige. Ernst und emsig drehten die großen, schweren Gestalten umeinander. Nicky und Fanoni sahen neben ihnen seltsam schmal und zerbrechlich aus. Fanoni nahm Nicky, und sie tanzten. Er tanzte gut, er verstand es, sich und seine Tänzerin leicht und sanft von dem Takte der Musik wiegen zu lassen. Zuweilen lächelte er auf Nicky herab und flüsterte: »Ist es gut so?«

»Ja, gut!« antwortete sie. Die Bewegung gab ihr einen leichten Schwindel, sie schloß die Augen, sie vergaß die ganze Umgebung, und es war ihr, als sei sie mit Fanoni allein. Plötzlich fühlte sie, daß der Arm ihres Tänzers sie nicht mehr hielt, und auch seine Schritte wurden unregelmäßig. Dann blieb er stehen und begann zu husten, ein furchtbarer Anfall schüttelte ihn, seine Augen füllten sich mit Tränen, und er rang nach Luft. Erschrocken führte Nicky ihn zu einem Sessel, Leute umstanden sie, Frauen stießen mitleidige Rufe aus, einige Burschen lachten, eine Stimme sagte: »Der gehört ins Spital, was sucht er hier?« Fanoni hatte sich ein wenig erholt, er erhob sich mühsam und sagte: »Gehen wir«, und als Nicky zögerte, wiederholte er angstvoll: »Gehen wir.«

So gingen sie hinaus, hinter ihnen erscholl feindseliges Gelächter. »So geht es nicht«, sagte Nicky besorgt. »Sie müssen ausruhen.«

Allein Fanoni drängte ungeduldig vorwärts. »Nicht hier«, sagte er, »nur nicht hier, drüben im Walde.« Mühselig schlichen sie die Dorfstraße hinab. Im Walde blieb Fanoni stehen, er wurde blaß bis in die Lippen hinein, sein Atem ging schwer, und er glitt auf das Moos nieder.

»Mein Gott, er stirbt«, dachte Nicky. Sie kniete neben ihm, sie nahm seinen Kopf, bettete ihn auf ihre Knie, trocknete ihm mit ihrem Tuch die Stirn, und tief auf ihn niedergebeugt, flüsterte sie ihm beruhigende Worte zu, wie einem Kinde: »Der böse Husten! Aber nun wird es schon besser, nicht wahr?«

Fanoni lag mit geschlossenen Augen da, als schliefe er. Der Atem wurde allmählich ruhiger, und endlich tat er einen tiefen Atemzug, und Nicky hörte ihn murmeln: »Atmen ist doch das beste im Leben.« Dann lag er wieder still da, auch Nicky wurde jetzt ruhiger, wurde sich ihrer Lebenslage bewußt. Wie seltsam, daß sie hiersaß, im Schweigen des Waldes, und auf ihren Knien den Kopf des fremden, bleichen Mannes hielt, das Herz voll unsagbaren Mitleids für ihn. Weit, unendlich weit fort, schien es ihr, war sie von allem, was sonst ihr Leben gewesen war. Ein Eichelhäher flog durch den Wald und stieß seinen schrillen Wachtruf aus. Fanoni öffnete die Augen und sagte unzufrieden: »Was will er? Ich mag diesen Vogel nicht. Er kommt und ruft eine böse Nachricht in den stillen Wald hinein, er will stören, aber der Wald glaubt ihm nicht.«

»Ist Ihnen besser?« fragte Nicky. »Ja, es ist vorüber«, erwiderte Fanoni und richtete sich auf. Nachdenklich schaute er Nicky an. »Wie bleich Sie sind! Sie glaubten wohl, daß ich sterbe.«

»Ich sah, daß Sie leiden«, erwiderte Nicky. »Ich wäre gern gestorben«, fuhr Fanoni sinnend fort. »So gestorben. Wie das Sterben ist, wissen wir nicht, aber es ist doch schön, bis zur letzten Grenze des Lebens ein Glück bei sich zu haben.«

»Sie dürfen nicht sprechen«, sagte Nicky eifrig, »Sie sollen stillsitzen und sich erholen.«

»Nein, es ist vorüber«, sagte er, »jetzt gehen wir. Gut, ich werde nicht sprechen, wozu auch, wir gehen ja nebeneinander her.« Mühsam erhob sich Fanoni, und sie machten sich auf den Heimweg. Sie mußten langsam gehen und häufig rasten. Fanoni schwieg, aber er schaute immer wieder Nicky mit einem sanften, zufriedenen Lächeln an. Als sie endlich an Fanonis Villa anlangten, atmete Nicky erleichtert auf. Fanoni ergriff ihre Hand. »Ich danke Ihnen«, sagte er. »Wie gut Sie sind. Gott, wie armselig sind Worte! Aber wir haben jetzt ein gemeinsames Erlebnis, das bindet. Und das in der Tanzhalle, nun, so geht es immer, wenn wir uns unter die andern mischen wollen. Das dürfen wir nie mehr tun. Gute Nacht!«

Nicky erwarte ihren Gatten mit dem Abendauto. Sie ging ihm an die Haltestelle entgegen. Sonst vermied sie dieses Entgegengehen, sie liebte es nicht, unter den gerührten Blicken der Umstehenden den ehelichen Begrüßungskuß zu empfangen. Heute jedoch war es etwas wie schlechtes Gewissen, was sie hintrieb, denn in dem Traumleben, das sie jetzt lebte, regte sich doch zuweilen etwas wie schlechtes Gewissen! An der Haltestelle standen die Berliner Dame, der Major und Irma, sie standen da aus Neugierde, um zu sehen, wer ankäme, und um Neuigkeiten aus der Stadt einzusammeln. Die Berliner Dame hatte manches Bedenkliche aus Berlin zu berichten, der Oberst war heiter und martialisch: »Jetzt geht es los«, rief er, »ich fühle schon eine Unruhe in den Beinen wie ein altes Schlachtpferd, das Pulver riecht. Mich werden Sie wohl auch noch gebrauchen können.« Nicky hörte ein wenig zerstreut zu, sie beobachtete jetzt an sich im Verkehr mit diesen Leuten eine gewisse kühle Gelassenheit, die ihr gefiel. Auch Fanoni würde sie billigen, meinte sie.

Das Auto kam, und als Oskar aus dem Wagen stieg, schien es Nicky, als hätte sie dieses gute, freundliche Gesicht sehr lange nicht gesehen. Ihre Gedanken waren die ganze Zeit über so weit von ihm fort gewesen. »Was gibt es Neues?« rief der Oberst. Oskar zuckte die Achseln. »Die Herrschaften werden bald genug Neues erfahren«, erwiderte er, nahm den Arm seiner Frau, und sie gingen ihrer Wohnung zu. »Also da ist man wieder, da ist man wieder einmal beisammen«, sagte Oskar und streichelte Nickys Hand. »Es war auch Zeit. Merkwürdig, wie die Frauen es verstehen, sich vermissen zu lassen.« Nicky schaute zu ihm auf. Wirklich, er freute sich, sie sah es seinen Augen an, und da sagte sie denn: »Ja, ich freue mich auch.« Sie bereute es jedoch, der Ton ihrer Stimme mißfiel ihr, sie fand es klang matt und gezwungen. Oskar hatte nichts bemerkt, er lächelte behaglich vor sich hin.

Da das Wetter kühl und regnerisch war, hatte Paula ein Feuer im Wohnzimmer gemacht, und ein angenehmer Kaffeeduft kam von der Küche herüber. Oskar war begeistert. »Vollkommen«, rief er, »ganz vollkommen! Das verstehn die Frauen. Wenn sie von uns fortfahren, packen sie die Gemütlichkeit mit ein, und wenn wir dann zu ihnen kommen, dann ist auch die Gemütlichkeit wieder ausgepackt.« Er zog sich einen Stuhl an das Feuer, wärmte sich die Hände, schauerte voll Behagen in sich zusammen und murmelte: »Eine famose Erfindung, solch eine Ehefrau!« Nicky wurde befangen, es rührte sie, und doch, wie sollte sie es anfangen, ihn nicht zu enttäuschen? Nein, sie wollte gut sein, beschloß sie, darum setzte sie sich zu ihm, sie wollte etwas sagen, daß sie ihm zeigte, daß sie seine Interessen teilte: »Nun, und was macht denn deine Politik?« begann sie.

»Meine Politik?« wiederholte Oskar erstaunt. »Ach mein Kind, die wird wohl bald auch deine und unser aller Politik sein. Aber sprechen wir heute nicht davon, man hat alle diese Tage und Nächte an nichts andres gedacht. Heute ist ein Feierabend, nur Häuslichkeit, Gemütlich-keit, kleine Frau. Wir können ja nicht wissen, ob das noch jemals wie-derkommt.«

Paula brachte den Kaffee. Oskar rauchte und erzählte von der Familie, erzählte kleine Stadtgeschichten; er liebte es, umständlich und behaglich zu berichten, daher wurden seine Geschichten ein wenig lang, und waren sie zu Ende, dann konnte er selbst herzlich darüber lachen. Nicky lachte auch, allein sie hatte nicht zugehört, immer wieder schweiften ihre Ge-danken ab, verweilten bei der Bank auf der Wiese, bei dem wunderlichen Märchen von den Puppen, und doch tat dieser gute Mann ihr leid, der sich so ahnungslos und vertrauend voll hier glücklich fühlte und nicht wußte, wie weit sie von ihm fort war.

Der Abend verging, das Abendessen wurde eingenommen. Oskar schien müde zu werden, er gähnte zuweilen, und sich am Feuer wär-mend, saß er da; er wollte nicht schlafen gehen, dieser kostbare Abend sollte noch nicht zu Ende sein. Er begann von entlegnen Dingen zu sprechen, von seiner Kindheit, von den Kornfeldern, in die er sich als Kind gerne hineinstahl, um darin spazierenzugehen, wie in einem goldnen Walde. Er sprach von den Hunden des Gutshofs und von Knabenstreichen. Nicky kannte das alles, und sie wünschte, der Abend wäre schon vorüber. Endlich war es spät, Oskar küßte Nicky, und es zitterte etwas wie Rührung in seiner Stimme, als er sagte: »Ich dank dir, kleine Frau, für diesen Abend, den haben wir gehabt, den kann uns keiner mehr nehmen.«

Paula empfing Nicky am nächsten Morgen mit der Meldung, der Herr Baron sei ausgegangen, wichtige Nachrichten sollen angekommen sein. »O Gott, diese Nachrichten«, klagte Nicky, »ist man nie vor ihnen sicher?« Sie hörte Oskars Schritte draußen auf der Stiege und schaute feindselig zur Türe hinüber. Oskar trat in das Zimmer, er war ernst und bleich.

»Was ist geschehen?« rief Nicky ihm entgegen. »Der Kriegszustand ist erklärt«, antwortete er ruhig. »Der Kriegszustand«, wiederholte Nicky gereizt, »was ist das? Ist das der Krieg?«

»Es ist noch nicht der Krieg«, meinte Oskar, »aber wir müssen auf alles gefaßt sein.«

»Das hast du das ganze Jahr schon gesagt«, fuhr Nicky kampflustig fort, »daß wir auf alles gefaßt sein müssen, und der Baron Potz-Haller sagt, es wird keinen Krieg geben.« Oskar zuckte die Achseln: »Wir sind auf alles vorbereitet.«

Er setzte sich und sann eine Weile schweigend vor sich hin. Das brachte jedoch Nicky auf. »So sprich doch! So sag' doch etwas!« rief sie. »Gut also«, begann Oskar, »ich fahre in die Stadt zurück. Es gibt natürlich vieles zu ordnen, besonders wichtig ist mir, daß du dein Leben ruhig und sicher fortführen kannst, wenn ich auch nicht hier bin.«

»Wo wirst du sein?« fragte Nicky. Oskar lächelte: »Das weißt du doch. Wenn es Krieg gibt, werde ich draußen mit den andern sein.«

»Ja, mußt du denn?« warf Nicky vorwurfsvoll ein. Oskar zuckte die Achseln: »Wie du fragst, Kind. Gewiß muß ich und will ich. Ich würde mich lieber gleich aufhängen, wenn ich nicht in Deutschlands größter und schwerster Stunde dabeisein dürfte.

Die Feierlichkeit von Oskars Worten schüchterte Nicky ein. Sie ließ den Kopf sinken und sagte weinerlich: »Aber du sagst ja selbst, daß es noch nicht der Krieg ist.« Oskar strich mit der Hand über Nickys Scheitel. »Ruhig Blut!« mahnte er. »Wir brauchen jetzt nicht nur starke

Männer, wir brauchen auch starke Frauen.« Dann ging er die Vorbereitungen zu seiner Abfahrt treffen. »Ein Verweis«, dachte Nicky, »das fehlte noch!« Als Oskar reisefertig wieder ins Zimmer trat, lächelte er heiter und gab seiner Stimme einen muntern Klang: »Also Kopf hoch, Frauchen, ich bin bald wieder hier; was auch geschieht, ich komme.« Er küßte Nicky und ging.

Nicky blieb in ihrer Sofaecke sitzen, sie wollte nicht hinausgehen. Draußen lauerten die bösen Nachrichten auf sie, um sie zu überfallen und zu quälen. Sie dachte an Fanoni und den Eichelhäher: er will stören, aber der Wald glaubt ihm nicht. Nein, sie wollte auch nicht glauben. Sie holte ihre Träume wieder hervor. Sie zwang ihre Gedanken, wieder zu den Erlebnissen der letzten Tage zurückzukehren, sie durchlebte wieder den Gang mit Fanoni, sie saß wieder in der verzauberten Stille des Waldes und hielt den Kopf des armen großen Künstlers auf den Knien – das war es, wonach sie verlangte: wieder den Rausch, das seltsame Fieber zu empfinden, das seine Musik, seine Worte, seine Gegenwart ihr gaben.

Als der Abend gekommen war, ging sie hinaus und eilte geradeswegs zur Wiesenbank. Fanoni erwartete sie dort. Er kam ihr entgegen, sehr bleich, ein unruhiges Glitzern in den Augen. Er lachte über das ganze Gesicht vor Freude, als er sie sah. »Gott sei Dank, daß Sie da sind!« sagte er. »Hätte ich heute noch vergebens warten müssen, ich hätte es nicht ertragen. Nun kommen Sie, setzen Sie sich. Nun ist alles wieder gut.«

Nicky setzte sich, sie lächelte. »War das Warten so schlimm?« meinte sie.

»Sehr schlimm«, erwiderte Fanoni. »Meine Sehnsucht, Sie zu sehen, war so stark, daß sie mich krank machte. Ja, der Mensch ist schwach und kindisch. Da sind wir stolz auf unsere Einsamkeit, und wenn uns für wenige Augenblicke eine liebe Gegenwart gegeben wird, so dürsten wir nach ihr, wie einer, der Tage durch eine Wüste gewandert ist.«

Nicky machte ein ernstes Gesicht: »Ja, ich konnte nicht kommen, es sind ernste Zeiten, all diese Nachrichten!«

»Ich weiß«, antwortete Fanoni und verzog schmerzvoll sein Gesicht. »Ich kümmere mich nicht darum; wenn es Sturm gibt, schließt die Muschel ihre Schalen. Aber haben Sie an unseren Gang gedacht? Das ist wichtiger.«

»An den habe ich viel gedacht«, antwortete Nicky.

»Nicht wahr?« fuhr Fanoni fort. »An ihm hab ich den ganzen Tag und die ganze Nacht gezehrt. In meiner Musik war nur von ihm die Rede. Wissen Sie auch, als ich im Walde so dalag und Sie meinen Kopf auf Ihren Knien hielten, Sie glaubten wohl, ich schlief, oder ich sei ohnmächtig, aber ich fühlte alles. Ich fühlte es, wenn Sie sich zu mir herabbeugten, ich fühlte, daß Sie mir das Haar aus der Stirn strichen, daß Ihre Hand auf meinem Haare ruhte und leicht zitterte.«

»Ich war in solcher Angst um Sie«, sagte Nicky.

»Das fühlte ich auch«, versetzte Fanoni. »Ihre Angst umflatterte mich, wie die weichen Flügel kleiner ängstlicher Vögel; nicht wahr, wer das zusammen erlebt hat, der gehört zusammen. Von der einen Seite die ganze Welt, von der andern wir beide. Einsam sein ist gut, aber einsam sein zu zweien ist ein Glück. Sehen Sie, der Mensch wird nur für ein einziges Glück geschaffen, so sparsam ist das Schicksal. Zuweilen nur für das Glück einer Stunde, aber das ist der Zweck seines Lebens, alles andere zählt nicht. Versäumt er dieses Glück, dann hat er umsonst gelebt.«

»Sprechen Sie nicht so, Sie dürfen so zu mir nicht sprechen«, sagte Nicky matt.

»Wie? Diese armseligen Worte darf ich nicht sprechen?« fragte Fanoni verwundert. »Was sind diese Worte? Sie haben doch meine Musik gehört, die hat anders zu Ihnen gesprochen. Die hat Abend für Abend zu Ihnen gebetet, die hat alles gesagt, was ich fühle. Was sind dagegen diese wenigen, schäbigen Worte? Aber Sie haben ganz recht, wozu sprechen? Wenn wir sprechen, dann verstehen wir uns nicht.«

Nicky fühlte, wie seine heiße Hand die ihre ergriff. Dann beugte er sich vor und küßte ihre Lippen. Nicky ließ es geschehen, eine süße Willenlosigkeit fesselte sie. Fanoni schwieg jetzt. Er saß dicht bei Nicky und hielt ihre Hand. Die Finsternis brach herein, ringsum auf den Wiesen begannen die Feldgrillen zögernd zu wetzen, bald nahm die eine ihr kleines heiseres Lied auf und brach ab, und eine andere setzte ein. Drüben im Gebirge rief eine kräftige Stimme einen Jodler in die Nacht hinaus, und ganz fern antwortete eine andere Stimme. Nicky fuhr auf. »Sie dürfen nicht mehr hier sein«, sagte sie, »die Nachtluft macht Sie krank. Sie müssen gehen.«

»Ja«, erwiderte Fanoni, »ich gehe, ich gehorche.« Er küßte Nickys Hand, und so trennten sie sich.

Es regnete zwei Tage unaufhörlich. Nicky konnte ihren Fuß nicht vor die Tür setzen. Unruhig ging sie in den Zimmern auf und ab, sie hatte ihre Träume und Gedanken, allein, immer dieselben Träume träumen, dieselben Gedanken denken macht müde. Die Gedanken werden auch blaß und die Träume wesenlos. Dafür stellen sich immer häufiger harte, nüchterne Erwägungen ein mit ihren Zweifeln und Vorwürfen.

Am Abend des zweiten Tages hörte der Regen auf. Hellgraue Wolken hingen niedrig über dem Tal und lagen wie riesige weiße Federn auf den Berghängen. Die Luft war unbewegt und warm. Nicky kannte das: wenn das Tal so verschleiert war von Nebel und Wolken, wie von Spinngeweben, dann lag eine stille Trauer über ihm, die das Herz bedrückte. Nicky saß müßig in ihrem Zimmer und schaute durch die offnen Balkontüren ein Stück Himmel an, auf dem die Wolken sich langsam übereinanderschoben.

Plötzlich vernahm sie einen Ton, eine schrille Kinderstimme, die unablässig etwas rief. Der Ton kam näher – jetzt hörte sie auch eilige nackte Füßchen über den Kies an dem Hause vorüberlaufen. Nicky trat auf den Balkon hinaus, sie sah einen kleinen blonden Knaben in grauem Röckchen, die Beine und Füße nackt, die Landstraße entlang laufen, laufen, so schnell er laufen konnte, und die hohe, sich überschlagende Kinderstimme rief immer wieder: »Mobil, mobil, mobil!« Einige Mäher auf der Wiese ließen die Sensen sinken und schauten dem Knaben nach, Frauen traten vor die Haustüren und blickten auf die Landstraße hinaus. Der Knabe lief noch immer und rief sein »mobil, mobil«. Einige Männer hatten sich an dem Posthause versammelt, eilig schoß die Berliner Dame über den leeren Platz, das graue Figürchen des Knaben war fern auf der Landstraße schon ganz klein geworden und sein Ruf ganz schwach. Nicky fühlte, wie ihre Hand auf dem Balkongeländer zitterte. Aus dem einsamen Ruf der einsamen Kinderstimme klang eine seltsame beklemmende Angst zu ihr herüber.

Sie ging in das Zimmer zurück, da stand Paula, bleich, mit großen erschrockenen Augen. Nicky fühlte, daß auch sie erblaßt war. »Es ist Krieg«, sagte Paula leise. »Ja, Krieg«, antwortete Nicky. Sie mußte sich setzen, ihr zitterten die Knie. Sie zog die Füße auf das Sofa hinauf, umschlang die Knie mit den Armen und kauerte so da. »Wenn nur mein Mann da wäre!« sagte sie endlich mit einem tiefen Seufzer.

Einen Tag später kam Oskar frühmorgens. Er trug die feldgraue Uniform, die ihn jünger und schlanker machte. Er schien gut gelaunt.

»Hier hast du deinen Soldaten«, sagte er, als er in das Zimmer trat. Nicky flog ihm entgegen. »Oskar, endlich!« Er klopfte ihr begütigend auf den Rücken: »Haltung, Kind! Jetzt sind wir eine Soldatenfrau, da gilt es, Haltung zu zeigen. Und gib deinem Soldaten etwas zu essen, er ist hungrig. Mit dem Mittagszuge fahren wir in die Stadt, denn als gute Soldatenfrau begleitest du doch den Mann hinaus, nicht wahr?«

»Hinausbegleiten«, wiederholte Nicky tonlos. Oskar setzte sich an den Frühstückstisch, aß mit Appetit, erzählte viel. Er hatte das Bedürfnis, zu sprechen, kraftvolle Worte zu gebrauchen. »Alle kommen sie uns jetzt auf den Hals, erwürgen wollen sie uns! Bitte, bitte, wir sind bereit! Es soll kein Deutschland mehr geben. Wie sie das machen werden? Sie sollen es doch versuchen, Europa das Herz herauszuoperieren!«

Nicky war ganz schweigsam. Sie fühlte sich sehr elend und hätte gern geweint, aber sie mußte ja Haltung zeigen! Einmal nur brach es aus ihr heraus: »Warum das alles? Was haben wir getan?« Oskar lachte: »O, wir haben eine schwere Sünde begangen, wir sind stark und reich, das verzeihen sie uns nicht. Aber wir sind auch verstockt und bereuen nicht.«

Der Mittagszug in die Stadt war überfüllt. Eng saßen die Menschen im Eisenbahnwagen beisammen und sprachen, sprachen unaufhörlich, sättigten sich an starken, mutigen Worten. Dabei schien ein jeder jeden zu kennen. Auch Oskar mischte sich in das Gespräch und behandelte diese fremden Leute, als wären sie alte Bekannte. Nicky drückte sich in ihre Wagenecke und schaute mit runden, klaren Augen auf das Treiben um sie her. All das war zu schnell, zu gewaltsam über sie gekommen, als daß sie es mitleben konnte, es schien ihr, als ginge eine große, grausame Welle über sie hin, als gälte es, stillzuhalten und sich zu ducken. Eines nur wußte sie: was jetzt auch kam, es tat weh.

In der Stadt hatte die Familie sich in der Wohnung der Reichels versammelt. Die Exzellenz weinte, die Schwägerinnen jedoch waren tapfer. Sie blickten mit ihren guten braunen Augen Oskar und Nicky teilnehmend an, sie bemühten sich, heiter zu sein, machten Scherze, über die sie nach ihrer Gewohnheit alle zugleich lachten. Man saß in dem Wohnzimmer, dessen Möbel noch von den weißen Leinwandüberzügen bedeckt waren, durch die vorhanglosen Fenster schien eine gelbe Nachmittagssonne herein. Das Gespräch ging nur mühsam vonstatten, von Briefen wurde gesprochen, von Paketen, von kleinen Hausanordnungen.

»Trennung ist bitter«, dachte Nicky, »aber Abschiednehmen ist eine Qual.« Das schien auch Oskar zu fühlen. Er erhob sich und sagte zum Oberstaatsanwalt: »Nun, lieber Bruder, du fährst wohl mit dem Wagen voraus. Nicky und ich gehn zu Fuß, wir haben Zeit, und so ist man doch noch ein wenig beisammen. Also, lebet wohl!« Die Exzellenz wischte sich die Augen, die Schwägerinnen schüttelten Oskar kräftig die Hand und küßten ihn kräftig auf beide Wangen. »Heil und Sieg! Heil und Sieg!« Nicky und Oskar gingen hinaus.

Auf den Straßen wogte eine dichte Menschenmenge, allein es war nicht das gleichgültige, geschäftliche Treiben eines Großstadtwerktages. All diese Menschen hatten Zeit, waren müßig. Wenn zwei einander begegneten, blieben sie stehen und sprachen miteinander, oder sie riefen sich Nachrichten zu, oder sie standen still und warteten. Auch hier schien es, als kennten sich alle, als wären sie alle Hausgenossen eines riesigen Hauses. Offiziere gingen da mit ihren Frauen, und die Umstehenden schauten ihnen wohlwollend nach, und die Frauen lächelten stolz. Auch Oskar wurde viel angesehn, und unwillkürlich lächelte auch Nicky. Dann kamen Soldaten, lange Reihen in feldgrauer Uniform, Blumen an den Helmen und Gewehren, wie ein Festzug. Und die großen jungen Burschen lächelten ein befangenes, feierliches Lächeln. Zuweilen sangen sie, starke, rauhe Stimmen, gewohnt, auf Berge und Täler hinauszuschreien. Andächtig hörten die Umstehenden zu, wie einem Kirchengesange. »Wie sie singen!« sagte Nicky, und plötzlich fühlte sie, daß ihre Wangen ganz warm von Tränen wurden.

An einer Straßenecke stand ein Mann und hielt ein siebenjähriges Mädchen in die Höhe, damit es die Soldaten besser sähe. Das blonde Kinderköpfchen überragte die Menge, und die blauen Kinderaugen schauten ernst auf die Vorüberziehenden. Und da machte die helle Kinderstimme sich deutlich vernehmbar: »Vater, müssen die alle sterben?« Erschrocken schauten die Umstehenden zu dem Kinde auf, einige Soldaten lachten.

»Sterben«, dachte Nicky; daß Soldaten, die in den Krieg ziehen, auch sterben müssen, das wußte sie, aber jetzt, da die Kinderstimme es sagte, fühlte sie es. Sie fühlte es, daß diese geschmückten, lächelnden jungen Menschen hinauszogen, um zu sterben, und es war ihr, als fiele etwas von ihr ab, etwas, das sie von den andern getrennt hatte, und nun mußte sie das Leben all dieser andern leben, groß und schmerzhaft, es leben wie ihr eigenes Leben. Von einem noch nie Gefühlten wurde sie überwältigt, sie blieb stehen, Oskar lächelte auf sie herab – »Mut, Kleine«, sagte er, »Mut!«

Solche seltne Augenblicke aber ergreifen nicht nur unsere Seele, sie brennen körperlich in unsren Herzen und unsrem Blut. Nicky mußte etwas tun. Sie nahm die roten Rosen, die Oskar ihr gegeben hatte, und warf sie den Soldaten zu. Ein großer blonder Bursche fing sie auf und nickte ihr lachend zu. »Zum Opfer geschmückt«, ging es Nicky durch den Sinn.

Auf dem Bahnsteig herrschte reges Leben. Soldaten zogen auf, Offiziere gingen hin und her, Kommandoworte erschallten, an den Fenstern und in den Türen der Eisenbahnen standen Soldaten, immer noch das feierliche Lächeln auf den Lippen, in die Augen jedoch kam ein seltsam nachdenklicher, gespannter Blick. »Also bleibe gesund«, sagte Oskar zu seiner Frau und küßte sie. »Habe acht auf dich selbst. Denke daran, daß du auch zu den Schätzen gehörst, für die wir draußen kämpfen.« Das war ein Scherz, und der Oberstaatsanwalt und Oskar lachten darüber. Nicky umarmte ihren Gatten. »Nun, nun«, sagte er, machte sich sanft los und stieg in den Eisenbahnwagen. Dort stand er wie andere am Fenster, nickte und lächelte, und auch in seine Augen kam der nachdenkliche, gespannte Blick. Der Zug setzte sich langsam in Bewegung, fuhr aus der Bahnhofshalle hinaus, in den rotgoldnen Glanz des Nachmittagssonnenscheins.

Nicky stand regungslos da und schaute dem Zuge nach. Jemand berührte ihren Arm, es war ihr Schwager. »Gehen wir?« fragte er. »Ja, gehen wir.«

»Fährst du gleich hinaus?« – »Ja, ich fahre gleich hinaus.«

»Gut«, dann wollte er die Karte besorgen. Nicky ging in den Wartesaal hinüber und setzte sich auf eine Bank. Einige Frauen standen dort beisammen und sprachen mit gedämpften, klagenden Stimmen. Neben Nicky saß eine große alte Frau mit einem kupferroten Gesicht, sie hielt einen mächtigen Korb auf den Knien. Die Frau wandte sich Nicky zu und fragte mit einer fast männlichen Stimme: »Ist Ihrer auch fort?«

»Ja«, erwiderte Nicky. »Meine drei sind auch fort«, berichtete die Frau. »Ich bin jetzt allein wie ein Baum. Man wird versuchen müssen, auch so zu leben.« Sie lächelte mit zitternden Lippen, weil sie nicht weinen wollte. Nicky aber war der Frau dankbar, daß sie sie so selbstverständlich einreihte in die Schar derer, die ihr Liebstes hingegeben. Der Oberstaatsanwalt kam und brachte Nicky zu ihrem Zuge.

Im Kupee war nur noch eine junge Frau mit verweinten Augen, und als der Zug sich in Bewegung setzte, schlug die junge Frau die Hände vor das Gesicht und begann bitterlich zu weinen. Nicky wollte sie nicht stören. Sie schaute zum Fenster hinaus auf das Land, das nach dem Lärm der Stadt so seltsam still dalag in den schrägen Strahlen der Nachmittagssonne. Als Nicky jedoch sich einmal nach der jungen Frau umwandte, begegneten sich ihre Blicke. »Ach, verzeihen Sie«, sagte die junge Frau, »verzeihen Sie, daß ich hier so weine. Ich glaubte, ich würde hier allein sein und würde ein wenig weinen können. Da draußen mögen sie das Weinen nicht, und nun störe ich Sie damit.«

»Nein, Sie stören mich nicht«, erwiderte Nicky freundlich, »jetzt haben wir doch ein Recht, auch einmal zu weinen.«

»Nicht wahr?« meinte die junge Frau. »Ich weiß ja, es mußte sein! Aber ein bißchen weinen ist doch kein Unrecht.« Und nun begann sie zu erzählen, ihr Mann hätte hinausmüssen in das Feld, sie waren erst ein Jahr verheiratet und hatten ein kleines Kind. »Sonst wohnen wir in einem kleinen Häuschen in der Vorstadt, jetzt waren wir auf dem Lande, der Sommer war gerade so schön, und wir waren so glücklich, nicht nur, weil wir uns liebhatten, das muß man ja in der Ehe, nicht wahr? Aber wir unterhielten uns auch so gut, wir lachten viel zusammen, ich hatte nicht geglaubt, daß die Ehe auch so unterhaltend ist. Und jetzt, gnädige Frau danke ich Ihnen, daß Sie mir so freundlich zugehört haben, das Weinen und das Erzählen hat mir das Herz leichter gemacht.«

Die Sonne ging schon unter, als Nicky im Dorfe anlangte. Ihre Wohnung fand sie leer. Paula war ausgegangen, und es schien Nicky, als empfinge sie in diesen stillen Zimmern eine unerträgliche Verlassenheit. Sie ging wieder hinaus, ging sinnend die gewohnten Wege. An der Wiese begegnete ihr Fanoni. Sie schrak ein wenig zusammen, an ihn hatte sie nicht gedacht. Er errötete vor Freude, Nicky zu sehen. »Ich war um Sie in Sorge«, sagte er. »Um mich?«

»Ich wußte, Sie sind in der Stadt«, fuhr er fort, »und ich fürchtete, Sie würden leiden, sie würden Ihnen dort weh tun.«

»Wer leidet jetzt nicht?« sagte Nicky müde. »Nein, Sie nicht!« rief Fanoni böse. »Sie sollen nicht leiden.«

Sie waren an die Bank gekommen, und Nicky setzte sich, wie sie es gewohnt war. »Ich war in der Stadt«, berichtete sie, »weil mein Mann hinaus ins Feld mußte.«

»Ich weiß es«, sagte Fanoni, und in sein Gesicht kam ein schmerzvoller Ausdruck, als spräche er von einer Wunde. »Ich weiß, der blutige Wahnsinn ist wieder über die Menschen gekommen. Wie sinnlos ist all das und wie häßlich!«

»Nein, es war schön«, versetzte Nicky sinnend. »Ich sah sie ausziehen. Sie waren mit Blumen geschmückt. Wie sie lächelten, wie sie sangen! Es war wie ein Fest.« Sie beugte den Kopf zurück und suchte nach einem feierlichen Ausdruck, um ihr ganzes Fühlen hineinzulegen. »Ein Fest der Begeisterung und des Todes.«

»Des Todes«, wiederholte Fanoni und zuckte die Achseln; »als ob diese Menschen wüßten, was sterben heißt! Die sterben zufällig, wie sie zufällig leben. Da muß einer wie ich Jahre hindurch mit dem Tode befreundet sein, um zu wissen, was der Tod ist. Aber die!«

»Es sind Deutsche, die für uns sterben wollen«, sagte Nicky ernst. Fanoni lächelte: »Wie Sie das sagen! Wenn Sie so sprechen, glaube ich aus Ihrer Stimme ganz leise ein kleines metallisches Schnarren zu vernehmen. Das kommt davon, wenn man zu viel mit Puppen verkehrt.«

Da er jedoch sah, daß Nicky errötete und die Augenbrauen zusammenzog, erschrak er. »Verzeihen Sie mir«, sagte er und griff nach Nickys Hand, »ich weiß nicht, was ich sage. Die Angst um Sie verwirrt mich. Aber glauben Sie es mir. Sie dürfen dieser wüsten, häßlichen Welt nicht zu nah kommen, Sie würden vor Schmerz und Ekel sterben! Sie gehören zu mir, Sie gehören in meine Welt! Mögen die da draußen toben und morden, wir schlagen unsere Einsamkeit wie einen Mantel um uns und leben unser Leben, das einzig wahre, wirkliche Leben, das andere ist ja nur ein wüster, sinnloser Spuk.«

»Die, welche für uns auszogen, die sind wirklich.« Nickys Stimme wurde tief vor Erregung: »Und zu denen will ich gehören. Nein, sprechen Sie nicht, ich kann nicht, ich will nicht mit Ihnen ein – ein Gespenst in Ihrer Gespensterwelt sein.« Fanoni saß einen Augenblick still da. Er schloß die Augen, als überwältigte ihn ein Schmerz. Dann stand er auf, grüßte und ging langsam seiner Villa zu.

Nicky schlug die Hände vor das Gesicht und weinte, wie sie noch nie geweint hatte. Sie weinte um sich selbst, um Oskar, um die, welche hinausgezogen waren. Sie weinte sich das große Erbarmen von der Seele, das sie krank machte. Um sie her wurde es Nacht, in der milden Luft wetzten die Feldgrillen heute wild durcheinander, als gäbe es ein Fest bei ihnen. Über dem Gebirge hing ein Gewitter, in einer schwarzen

Wolke liefen unablässig goldne Lichter hin und her, fern grollte der Donner, eine große mahnende Stimme. Nicky richtete sich auf, sie hatte sich satt geweint, nun erhob sie sich und schlug den Heimweg ein. Auf der dunklen Landstraße begegnete ihr Resei, die Stallmagd. Sonst pflegte das Mädchen hier mit ihrem Burschen zu gehen, heute war es allein. Nicky blieb stehen. »Heute sind Sie allein, Resei?«

»Ja, allein«, antwortete das Mädchen und seufzte ganz tief auf. »Was kann man machen. Ihr Herr ist auch fort?«

»Ja, er ist fort.« Jetzt gingen beide schweigend nebeneinander her. Es war Nicky lieb, das große Mädchen bei sich zu haben und in der Finsternis zuweilen die ganz tiefen Seufzer zu hören.

Vor dem Bauernhause saß die alte Großmutter noch auf und starrte in die Nacht hinein. Man hatte vergessen, sie zu Bett zu bringen. »Nun, Großmutter, Sie sind noch auf?« fragte Nicky.

»Ja«, antwortete die alte Frau, »und die Männer sind alle fort; die kommen nicht wieder. Damals kamen sie auch nicht wieder.«

Die Bäuerin trat in die Tür. »Mutter, kommt schlafen gehn«, rief sie, »wollen wir in unsere Betten kriechen, die können sie uns nicht nehmen, dafür sind unsere Männer da. Gute Nacht.«

Die beiden Frauen verschwanden in der niedrigen Tür, und die Tür fiel ins Schloß. »Sie kriechen ein in ihre Geborgenheit«, ging es Nicky durch den Sinn, und es war ihr, als hörte sie über den kleinen Häusern, die still und friedlich in der Sommernacht kauerten, das Rauschen großer, schützender Flügel. Resei begleitete Nicky bis zu ihrer Haustür. »Die Männer haben es gut«, meinte sie, »die können mittun. Wir müssen stillsitzen und warten.«

»Ja, wir«, sagte Nicky, und es tat ihr wohl, zu der großen Gemeinde zu gehören, derer, die still warten mit wundem Herzen. »Gute Nacht, Resei!« Sie beugte sich vor und küßte das Mädchen wie eine Schwester. Oben in ihrem Zimmer legte sie sich gleich zu Bett und schlief fest und traumlos, wie sie einst als Kind geschlafen, denn ihr war zumute, als hätte sie heute hundert Leben gelebt, und das macht müde.

Biographie

1855 *14., 15. oder 18. Mai:* Eduard Graf von Keyserling wird auf Schloss Paddern bei Hasenpoth in Kurland geboren. Er wächst im Kreise seiner elf Geschwister und der patriarchalischen Adelsgesellschaft auf den väterlichen Gütern in Kurland auf. In Hasenpoth besucht er das Gymnasium.

1874 Keyserling beginnt in Dorpat ein Studium der Rechtswissenschaften, Philosophie und Kunstgeschichte.

1876 Tod des Vaters Eduard.

1877 Aufgrund einer nicht näher bekannten »Lappalie« (so sein Neffe Otto von Taube) wird Keyserling der Universität verwiesen, was seine gesellschaftliche Ächtung und Isolierung zur Folge hat. Keyserling geht nach Wien und ist als freier Schriftsteller tätig. Hier steht er vermutlich im Kontakt zu den Kreisen um Ludwig Anzengruber.

1887 Vom Naturalismus beeinflusst schreibt Keyserling seinen ersten Roman, »Fräulein Rosa Herz. Eine Kleinstadtliebe«.

1890 In den folgenden Jahren verwaltet Keyserling die Familiengüter in Paddern und Telsen.

1892 Der Roman »Die dritte Stiege«, der in der Wiener Zeit entstand, wird veröffentlicht.

1893 Es zeigen sich erste Anzeichen einer Erkrankung aufgrund einer Syphilisinfektion.

1894 Tod der Mutter Theophile. Die mütterlichen Güter werden an den Majoratserben übergeben.

1895 Mit seinen älteren Schwestern Henriette und Elise lässt Keyserling sich in München nieder. Hier besucht er regelmäßig den Schwabinger Stammtisch um Schriftsteller und Künstler wie Frank Wedekind, Alfred Kubin, Max Halbe, und Lovis Corinth.

1897 Infolge seiner Syphilisinfektion bricht bei Keyserling ein unheilbares Rückenmarksleiden aus. Er bedarf von da an der Pflege seiner Schwestern.

1899 *März:* Er reist mit seinen Schwestern nach Italien, wo sie sich etliche Monate aufhalten.

1903	Die Erzählung »Beate und Mareile. Eine Schloßgeschichte« erscheint.
1906	»Schwüle Tage« (Novellensammlung).
1907	In der »Neuen Rundschau« veröffentlicht Keyserling den Essay »Über die Liebe«.
1908	Tod der Schwester Henriette. Keyserling beginnt zu erblinden, versucht jedoch stets, dies zu verbergen. Zukünftig diktiert er seine Werke der Schwester Elise. Der Roman »Dumala« wird veröffentlicht.
1909	»Bunte Herzen« (Novellensammlung).
1911	Der Roman »Wellen« erscheint.
1914	Durch den Krieg wird der Kurländer von den Einkünften aus seiner Heimat abgeschnitten. Keyserling gerät dadurch in finanzielle Nöte. »Abendliche Häuser« (Roman).
1915	Seine Schwester Elise stirbt. Fortan kümmert sich Keyserlings Schwester Hedwig um ihn. Er ist inzwischen fast gänzlich an das Bett gefesselt.
1917	»Fürstinnen« (Roman).
1918	*28. September:* Im Alter von 83 Jahren stirbt Eduard von Keyserling vereinsamt in München.